国家医学中心创建经验丛书

一路·纸短情长

信背后的故事

● 王华芬——主编

共同感受
生命、希望、责任
与爱的力量

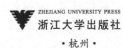

ZHEJIANG UNIVERSITY PRESS
浙江大学出版社
·杭州·

图书在版编目（CIP）数据

浙一路·纸短情长 ：感谢信背后的故事 / 王华芬主编 . -- 杭州 ：浙江大学出版社，2025. 5. --（国家医学中心创建经验丛书）. -- ISBN 978-7-308-26112-8

Ⅰ. I25

中国国家版本馆 CIP 数据核字第 20252UW637 号

浙一路·纸短情长：感谢信背后的故事

王华芬　主编

责任编辑	殷晓彤
责任校对	潘晶晶
封面设计	浙信文化
出版发行	浙江大学出版社
	（杭州市天目山路148号　邮政编码310007）
	（网址：http://www.zjupress.com）
排　　版	大千时代（杭州）文化传媒有限公司
印　　刷	杭州高腾印务有限公司
开　　本	880mm×1230mm　1/32
印　　张	5.125
字　　数	110千
版 印 次	2025年5月第1版　2025年5月第1次印刷
书　　号	ISBN 978-7-308-26112-8
定　　价	51.20元

浙江大学出版社市场运营中心联系方式：0571-88925591；http://zjdxcbs.tmall.com

《浙一路·纸短情长：感谢信背后的故事》
编委会

主　编　王华芬

副主编　许骁玮　邵乐文

编　委　郑小红　叶　娟　魏　巍　朱柯平

　　　　余淑芬　肖林鸿　吴毅颖　朱　莉

插　图　金华英

序 ◖◖◖

　　医院，是社会的一个缩影，人情冷暖、喜怒哀惧不断呈现。在这里，痛苦与希望交织，生命与死亡相伴。护士，作为医院不可或缺的重要成员，也是离患者最近的人，他们为救治生命、减轻痛苦、增进健康的专业职责和共同目标默默奉献与不懈努力。他们与患者一起，相互帮助、竭尽全力；与同事一起，彼此鼓励、携手前行；与医院一起，砥砺奋进、共同成长。

　　在浙江大学医学院附属第一医院（简称浙大一院）建设国家医学中心的征程中，全体浙一人始终牢记竺可桢校长和王季午教授的期望与梦想，秉承"严谨求实"的核心价值观。医院瞄准影响人民群众健康的重大医疗领域问题，加快步伐、集中力量、提升能级，高质量推进国家医学中心建设。同时，医院致力于培育高水平医学人才，提供高品质医疗卫生服务，全力守护人民群众的健康福祉。70余载风雨兼程，浙一人始终保持着对医学高峰的攀登精神。面对疑难杂症与高精尖技术的重重挑战，我们从未退缩，而是勇往直前，不断突破，让无数患者重新看到了生命的曙光与希望。在这漫长而艰辛的旅途中，我们收获了来自患者及其家属的诸多肯定与赞誉。它们如同璀璨的星辰，点缀在我们前行的道路上，照亮我们的每一步。我曾多次听到患者及其家属对护士的由衷赞美。有时仅仅是一个细微的举动、一句贴心的问候，却能在他们心中激起层层涟漪，让他们眼中闪烁泪光，那是被深深触动与温暖的见证。

笔尖随心、书写年华，言不尽意、纸短情长。文字作为人类思想和情感的载体，记录时间的飞逝，描绘生命的轨迹，抒发内心的情感，传递温暖和感恩。《浙一路·纸短情长》通过记录浙大一院真实温暖的护患故事、护理人自身成长经历及对内心世界的剖析等，从患者、家属、护士等多视角展示了浙大一院护理人对救治患者的努力与坚持，对护理事业的专注与热爱，对宝贵生命的敬畏与尊重；同时让人们感同身受医院的人文情怀，更深入地思考护患关系的本质，理解护理工作的价值与意义。

在此，我要向在浙大一院默默奉献、用心守护生命的所有医护人员致以最崇高的敬意。愿我们携手并进，在医疗事业的道路上，继续传递爱与温暖，书写更多动人的浙一故事。

浙江大学医学院附属第一医院党委书记

梁廷波

2025 年 4 月

前言 ◖◖◖

浙大一院犹如璀璨的星辰，以卓越的医疗品质促进人类健康，照亮生命的航道。在这片星光之下，有这样一群默默无闻的天使——浙一护理人，他们以无尽的爱心与责任，守护在病患身边，为这段特殊的人生之旅，保驾护航。

救拔深陷之人，得瞻天日，刻骨铭心。因此，为更好地记录这些动人故事，编辑团队在全院护理人员中推出"感谢信（锦旗）背后的故事"征集活动，并对优秀稿件编述纂录，整理成书——《浙一路·纸短情长》，正是这样一部深情之作，如同一扇窗，让大家得以窥见那些隐藏在繁忙医疗护理工作背后的温馨故事，感受那份超越职业、跨越心灵的深情厚谊。

我们希望，通过温暖而细腻的笔触，将这些关于勇气、坚持、重生与感恩的动人故事，将护理人在日常工作中的点点滴滴，不为人知的努力与付出，以及医护团队与患者之间那份超越职业界限的深厚情谊，呈现在读者面前。在书中，您将看到护患之间那份无需言语便能深刻理解的默契，医护之间团结协作、共克时艰的坚定信念，以及他们面对生命挑战时所展现的无畏与智慧。这些故事是对"严谨求实 仁爱笃行"的浙一护理核心价值观最生动的诠释；这些故事让我们相信，在这个充满挑战的世界里，总有一份力量能够穿透阴霾，带来光明与希望；这些故事温暖着人心，让我们在忙碌与疲惫中寻得慰藉，感受"医者仁心"的力量，也更加坚定了我们守护健康的决心。

受篇幅、时间和水平所限，书中仍难免有未能尽展之处。在此，我们诚挚地邀请广大读者朋友们不吝赐教，予以斧正，并对我们的工作提出宝贵的意见和建议，共同促进医疗人文关怀精神的传承与发展。

愿本书能成为一座桥梁，连接起每一位读者的心。让我们共同见证并感受那些在浙大一院这片热土上绽放的生命之花，以及那些因爱而生的不朽传奇。

浙江大学医学院附属第一医院护理部

2025 年 4 月

目 录

我的初心与未来 ———————————— 曾颖 / 001

那些花儿 ———————————————— 姜雅宁 / 005

你笑了，春天就到了 ————————————— 方倩 / 011

深夜的温暖：心衰爷爷的零食秘密 ———— 郑晔　戴珍 / 017

医路相伴，逆境新生 ——————— 慕元凯　应金萍 / 021

赠人牡丹，手留余香 ———————————— 王梦婷 / 028

再见，李叔 ———————————— 林丹丹　丁维燕 / 032

锦旗背后的十年情谊 ————————————— 夏银燕 / 039

"纸"为情，不止为情 ———————————— 胡倩希 / 044

一杯苦咖啡 ———————————————— 翁成杰 / 049

同心协力护生命，温情护理抚身心 ——— 金佳敏　俞超 / 056

"心"跟着希望在动 ————————————— 黄飞燕 / 060

她没有忘记，她只是舍不得 ———————— 陈情 / 066

在生命的尽头，让爱绽放 ———————————— 袁菲 / 070

与憨憨大伯的小约定 ————————————— 徐鹭青 / 076

敲开一扇门，一群人，温暖一家"心"！～～～～　韩亚伟 / 082

但闻滴答甘饴心　～～～～～～～～～～　李益炳 / 086

三块饼干　～～～～～～～～～～～～～～　陈婷婷 / 091

你笑起来真好看　～～～～～～～～～～　钟艳 / 095

这一路、浙一路、浙"移"路——感谢"你们"～ 穆帆　徐汝 / 100

初心：在平凡中绽放光芒　～～～～～～　程佳怡 / 105

生命如微光，渺小却绚烂　～～～～～～　魏巍 / 110

不离不弃，是爱情最浪漫的样子　～～～　朱柯平 / 116

敬过往，爱当下，向未来　～～～～～～　徐雪莲 / 122

谢谢您，使我成为更好的自己　～～～～　林敏珠 / 126

在"浙"里，岁月悠悠　～～～～～～～　傅佳丹 / 131

心　路　～～～～～～～～～～～～～～～　王园 / 137

面朝大海，春暖花开　～～～～～～～～　叶娟 / 142

那一年，那一幕　～～～～～～～～～～　余淑芬 / 147

我的初心与未来

又是一年护士节的到来。每次护士节来临，我都不禁想起往日，也会反思自己：我选择浙一护理的原因是什么？我做了哪些有意义的事情？接下来，我又该如何努力？

时间倒回到2001年，那一年，我17岁，正值花季，像往常一样，我在题海战术中奋斗，上课、下课、自习……然而，半夜突如其来的腹痛痛醒了我，也将我与浙一护理的缘分紧紧连接在一起。

那段经历，依旧历历在目。一开始，我以为只是痛经，便强忍着疼痛准备起床去早自习。上了一趟厕所后，出现了血尿，疼痛依旧，我仍自我诊断为痛经。随后，腹痛持续加剧，我只得打电话向父母求助。

在当地医院，持续的腹痛、呕吐、血尿、无尿……医生们会诊着我的病情，一会儿叫家属出来一下，一会儿又做B超、腹腔穿刺……一天下来，眼看着血钾浓度越来越高，医生们给了父亲一张病危通知书，诊断为急性肾功能衰竭。当地医院没有血透设备，需要转至浙大一院肾内科进行血透治疗。一时间，父母手足无措。

父亲听从医生的建议，要求立即转院至浙大一院治疗。伴随着120救护车的呼啸声，我已经不记得当时是如何熬过那几个小时车程的，只听到父亲拼命催促司机："快点，再快点！"人生中第一次经历吸氧、被担架抬着上救护车，我感到迷茫又无助，只是弱弱地问了父亲一句："爸爸，我要死了吗？"

父亲泣不成声，抱着我的头跟我说："颖儿，龙游看不好，爸爸带你去杭州；杭州看不好，爸爸带你去上海；上海看不好，爸爸带你去北京。就算倾家荡产，爸爸也要把你治好。"这句话就像一颗定心丸，让我瞬间安心了。于是，我告诉自己：我还没有经历过人生，我不能死，只要肚子不疼，我就会好。

来到浙大一院，我经历了无数次的动脉血、静脉血采集，做了无数次的检查。这是我第一次来浙大一院，急诊忙得不可开交，一波又一波的医生、护士来询问病史，我回答了一遍又一遍。看着医生护士们忙碌的身影，我突然有了安全感，告诉自己不要怕，这里有这么多医生护士，他们会救我的。

然而，病危通知书再次下达。这次，爸爸悄悄地把这张病危通知书藏进了口袋。后来他说，怕妈妈接受不了，他选择一个人承担。

很快，我拥有了病床，当急诊医生通知我去病房时，我看到了希望。刚入住肾内科病房，旁边的患者家属跟我说："你真运气（幸运），你前面那个病人去做肾移植了，才腾出了这个病床给你。"在肾内科住院的那些日子，看着身边的病友或抢救或康复……我每天掰着指头算日子，不知道我的结果会是什么呢？那种日子，不能吃，不能喝，经历过才知道，水是生命之源，没有水喝的每一分钟都是煎熬。我第一次知道，微量泵的药物需要24小时持续使用，感觉自己失去了自由。

护士姐姐很关心我，在冬天的早晨，她总是问我睡得好不好；打留置针时，她总是先哈口气，搓搓手，然后把手搓热了再给我打针。我很喜欢那个护士小姐姐。记得有一次，病房里有一个患者去世了，要终末消毒。而我既在吸氧，又在用微量泵，护士小姐姐让我躲进被窝，打开紫外线灯消毒半小时。我一个人在被窝里很害怕，护士小姐姐会在病房门口跟我说话，很快半小时就过去了。那些天，无数的呋塞米和多巴胺用在我身上，但病情仍未好转，仍处于无尿期。

直到有一天，护士告诉我12：00要去血透。我问爸爸："血透是什么意思？"爸爸说："就是在你的身上埋一根管子，然后把全身的血拿去洗一洗。"

懵懂无知的我期待着血透的到来。然而，就在准备去血透的那一刻，我突然有了尿意。我的肾功能衰竭症状从无尿期迅速进展到了多尿期，血钾水平从高到低发生了过山车般的改变。那是我最开心的时候，因为医生让我拼命吃咸的东西，吃香蕉补钾。

那么多天第一次可以进食，我瞬间感觉生活又充满了希望。

很快，我可以出院了。医生们告诉我，我的肾功能恢复了，我无比开心。还记得每次查房时，总听见护士喊："李群，接电话。"于是，我默默地记住了这个医生的名字。当时，隔壁的患者家属跟我说了一句："你真幸运，你是这段时间我们病房恢复最快的。"

后来在填写高考志愿时，我毫不犹豫地选择了护理专业。在死亡边缘徘徊过的我，应该做一些更有意义的事情，延续生命的接力。

毕业前，我坚持要求来浙大一院实习，毕业后有幸被浙大一院录用，从一名患者变成了一名员工。我倍加珍惜这来之不易的工作机会，始终践行南丁格尔的誓言，努力为患者服务。

这些年，我从一名懵懂的小护士，逐渐成长为护理骨干，有幸成为一名造口治疗师，能够为患者提供更加专业的服务。同时，我通过不懈努力取得了硕士学位，并顺利晋升为副护士长。

这一路的历练与成长，充满了收获与感恩。

余杭胃肠外科病房 2-10 东 ｜ 曾颖

那些花儿

初遇小美

落日将天边的云朵晕染成温暖的色彩，移植病房的灯光悄然亮起，忙碌的一天似乎才刚刚开始。

我站在护士站前，耳边是此起彼伏的呼叫铃声，而就在这时，一抹不和谐的安静吸引了我的注意。

走廊尽头，一位扎着"冲天辫"的小女孩，穿着略显宽大的病号服，正一步步向我走来，她的眼神里藏着羞涩与不安。

她是28床的新患者，一位因尿毒症而生长发育迟缓的小女孩。查房时，她总是低着头，仿佛害怕与世界对视；而当我们为她做治疗时，她又会表现出超乎年龄的配合。那份纯真与坚强，如同初绽的花朵，让人心生怜爱。

药罐里的童年

小美的童年，被各式各样的药瓶和药片填满。她的生活中，喝水成了一种奢侈。尿毒症的诊断如同一道晴天霹雳，让年仅8岁的小美提前感受到了生活的苦涩。

我清晰记得，第一次向小美解释病情时，她特别乖巧懂事。我轻轻抚摸着她的头，尝试着用她能理解的语言告诉她："小美，我们的肾脏就像一个排水的机器，但是它现在坏掉了。我们暂时不能像其他小朋友那样大口喝水，更不能喝那些五颜六色的饮料。等换好新的机器，你就能和大家一样啦。"

她似懂非懂地点点头。

血透之路的坚持

随着病情的恶化，小美不得不开始了血液透析治疗。

那天，一根长长的血透管插入了她细嫩的颈部。那一刻，我看到了她眼中的恐惧与不安。

我紧紧握住她的手，告诉她："小美，这根管子很重要哦，你一定要好好保护，它会帮助你打败体内的坏蛋。"

她用力地点了点头，眼神中透出一丝坚定。

同伴的温暖

此后，每周的透析成了她生活的一部分，血透中心成了小美每周必访之地。

在那里，小美遇到了一位名叫甜甜的小女孩，她们年龄相仿，因为共同的命运而紧密相连。每次透析，两人总是相邻而坐，一起面对治疗的艰辛，一起分享生活的点滴乐趣。

几次会面后，她们成了无话不谈的小闺蜜。她们之间的友谊，如同冬日里的一缕阳光，温暖而明亮。每当看到她们相视一笑、互相鼓励的场景，我都深感欣慰。

有一次，小美在透析过程中突发低血糖，脸色苍白，浑身无力，是甜甜第一个发现，给予她安慰。我也及时干预，让小美迅速恢复过来。

从此，一种叫"友情"的力量超越了一切阻力，扶持着两朵在风雨中各自飘摇又相互依偎的小花。

随着治疗的深入，小美逐渐适应了与血透管共生的日子。

虽然她偶尔会问妈妈："我什么时候可以拔掉这根管子？"但更多的是对未来的憧憬和坚持。

甜甜的康复，给小美带来了无尽的希望。当甜甜成功完成肾移植手术，重获新生的消息传来时，小美眼中的光芒比任何时候都要耀眼。

她常常拉着我的手，满怀期待地问："护士姐姐，我什么时候也能像甜甜姐姐那样，拔掉这根管子，大口喝水呢？"

我总会笑着告诉她："很快了，小美，你的勇敢和坚持一定会让你等到那一天。"

重生的曙光

终于，漫长的等待有了结果。几个月后，一个令人振奋的好消息传来——医院为小美找到了合适的肾源！

得知这个消息时，小美激动得几乎要哭出来。她紧紧抱住妈妈，说："妈妈，等手术做好后，你在家烧一大壶水吧，我想大口大口地喝水！"妈妈用力地点点头，红着眼眶，紧紧地抱住了小美。

在医生护士的指导下，小美顺利完成了手术前的各项准备。突然，病房门口有人在轻声唤道："小美，小美。"小美探着小脑袋，满脸期待地看向病房门口，站在那里的正是她的小闺蜜甜甜姐姐。小美很开心地冲到门口，紧紧地抱住甜甜。此刻，甜甜面色格外红润，她在小美的耳边轻声说道："小美，手术的时候啊，你就闭着眼睛睡一觉就好了，有那么一点点痛，但是很快就会好的。你痛的时候可以打视频给我的啊，我陪你聊天、看动画片。你看，现在我已经不用去做血透了，我脖子上的管子都被医生拔掉了，现在很舒服呢，你也要加油啊！"听到小闺蜜的一番话，小美的紧张和恐惧瞬间也都消散了。

两个小姐妹拉钩约定，春暖花开时，一起去看太子湾的郁金香。

　　她们的约定，也是我们内心所希望看到的画面。我们纷纷竖起了大拇指，并在心里默默地为她们祈祷。

　　手术很成功，小美醒来后的第一句话就是："妈妈，我可以喝水了吗？"看着她大口大口地喝水，那满足的表情仿佛是在告诉全世界，她真的做到了。

　　出院那天，小美和甜甜满脸笑容，双手比心向我们告别。小美妈妈悄悄留下一张小纸条："感谢你们整个移植团队的专业和用心，如果可以的话，请帮我转达对捐献家庭的谢意，感谢他们的无私大爱，治愈了我女儿的余生。感恩，感谢！"这张纸条上的感谢虽然简短，却传递了两个家庭之间用生命续写人间大爱的温暖与力量。

　　小美如同千万朵在逆境中绽放的花朵，虽历经风雨，却更加坚韧而美丽。她的康复之路，是勇气与坚持的赞歌，也是爱与希望的传递。在未来的日子里，愿小美与甜甜，以及所有跟她们一样勇敢的孩子，都能健康快乐，绽放属于自己的光彩，让世界因她们的存在而更加美好。

庆春肾脏病中心移植病房 6B-7 ｜姜雅宁

你笑了，春天就到了

四季轮转，生机不息，一如初春时枝头新芽的冒起，立夏后树上知了的嘶鸣，秋天时峭壁松柏的挺立，冬天时墙角梅花的傲骨，它们给予了我们无尽的启示与希望。而对于每一个走进医院大门的人来说，这里不仅是病痛与伤感的交汇点，更是温暖与希望重新绽放的地方。我与你的相遇，便是在那个格外寒冷的冬日，书写一段关于守护、信任与感恩的温馨篇章。

初识：用贴心轻敲心房

2023 年"双十二"深夜，"叮咚"，一条简短的消息打破了宁静的医护群——"晚上要收一位 M3"（注：M3 为急性早幼粒细胞白血病，早期病死率高达 5% ~ 29%）。

第二天清晨，第一缕阳光还未照亮天际，我便直奔科室，心中充满了对这位年轻患者的关切与担忧。在赶去上班的地铁上，我抓紧时间打开钉钉掌上360，细致地了解患者情况：患者17岁，因持续鼻出血5天被紧急送入医院，家人心急如焚。

走进病房，周围安静极了，一个瘦弱的身躯似乎承载了太多不属于这个年纪的重担。我调整好情绪，微笑着上前，用尽可能温柔的声音打破沉默："小帅（化名），早上好！我是你的主管护士方倩。现在身体感觉怎么样？"

"还好，就是没什么力气。"他欠了欠身，轻声回答，眼神里满是惶恐。

"早饭吃了吗？现在鼻子还出血吗？"

"妈妈买早饭去了，还没吃。鼻子昨晚一直出血，现在还好。"虽然情绪不太好，但还是乖乖地配合着回答我的问题。

"那你先好好休息，待会吃早饭记得吃软一点，吃温凉一点，你血小板太低，容易出血。后面有什么事情都可以来找我们。"

小帅有气无力地点点头。

第一次见面，我热情，他低落，但已经迈出了相识的第一步。

守护：专业与温情的交响

临近中午，一阵急促的脚步声打破了病房的宁静，小帅妈妈焦急地跑到护士站，眼中满是无助与恐惧，语带颤抖地说："方护士，方护士，我家孩子鼻子又出血了，止不住……流了好多血，我怎么都止不住……"

话音未落，我便以最快速度起身行动，边走边安慰这位焦急又害怕的母亲："阿姨，您别慌，我马上过来。"我戴上手套、拿上棉球，快步走进病房。

走近一看，小帅正坐在床上一直在擤鼻子，嘴里还时不时吐出一些血凝块，而床边的垃圾袋里早已是满满的带血的纸巾。我赶忙扶住他，用手电筒查看鼻腔，然后拿出棉球开始填塞，并嘱咐小帅妈妈："阿姨，我教你一种方法，只有这样按压鼻腔，血才能止住。"我边说边示范着。

可小帅正处在难受、痛苦与无助之中，开始有点闹脾气，哭闹着："我不要，我不要，我不要妈妈，她刚才弄了那么久，都把我按疼了都没止住，我才不相信她！"

"那姐姐帮你按压，可以吗？"

他眼中闪过光，信任地点点头。

"这样压着疼不疼？姐姐压得重不重？"小帅摇摇头。我也尽量让自己的动作轻柔而坚定，生怕有一丝一毫的疏忽让他感到不适。慢慢地，他的情绪稳定下来了。就这样，我弯着腰在病床旁边按压了差不多十分钟，鼻腔出血终于止住了。

当安抚好小帅的情绪，准备转身离开时，耳边听到一声轻轻的"谢谢"。他神情腼腆，感激之情却真挚。

我微微一笑："不客气，以后有什么事情都可以找我！"

我用专业赢得了小帅的信任，小帅也慢慢卸下了防备。

陪伴：用细心换得安心

在相处了一个星期之后，慢慢地，这个安静的孩子开始主动地与我聊天，分享喜怒哀乐。

有一天早晨，我和往常一样进入病房，却发现小帅的情绪有些低落，便小心地问候："早上好！昨晚睡得怎么样？怎么看起来有点不开心呢？""我都住了一个星期了，我什么时候可以出院啊？"小帅望着我，眼神中充满期待。"这个我要和你实话实说，这次可能至少要一个月。"那双充满期待的眼睛瞬间黯淡了，那份对自由的渴望和对未知的恐惧让我心疼不已，我立刻安抚他，紧紧握住小帅那冰冷的小手："放心，这一个月我会一直陪在你身边，等你熬过这个月就好了。""我可以叫你姐姐吗？"小帅小声问道。"当然可以！"我温柔地回答。

从那以后，我就多了一个"弟弟"。每天清晨的问候、午后的闲聊和夜晚的安抚，都成了我们之间的默契。每次我走进病房，小帅都会甜甜地跟我打招呼："姐姐，你来上班啦！"小帅妈妈笑着说："我家孩子就喜欢你，他看到你来就觉得安心多了。"

这一刻我发现，怀揣着温暖心去守护他人，让我们在生命的旅途中相互扶持，共同前行，定能收获满满的幸福感。

欣慰：用真心收获感恩

经过一个多月的休养，小帅终于可以出院了。"恭喜你啊，小帅，今天终于可以出院啦！我来给你做出院宣教哦。"他静静地听着，眼神柔和，闪烁着希望的光芒，那是对未来美好生活的无限憧憬。等我做完出院宣教后，小帅试探着问："姐姐，我可以加个你的微信吗？以后有问题我可以请教你。""当然可以啦！我们是姐弟呀！"自那以后，小帅每次复查血常规，都会把报告发来给我。当血常规结果越来越好时，他还会调皮地问："姐姐，我今天这结果是不是很好？""嗯，相当棒，继续加油哦！"这说话的语气，和最初相遇时相比，显得那么阳光、有活力，灵动又充满希望。

回家休养了差不多三个星期，要再来住院的前一天，他在微信上问我："姐姐，娄主任叫我明天来做个腰穿，腰穿痛不痛啊？""你之前做过骨穿，腰穿和骨穿差不多的，都会给你局部打麻药的。就是腰穿后要平躺 4 ~ 6 小时。""姐姐，我还是有点怕……""不用怕，前面那么艰难的时刻你都熬过来了，没事儿，明天姐姐上班的，到时候来陪你。"第二天，再次在医院见到，小帅比上次出院时胖了一点。我笑道："看来还是家里好，妈妈把你养得挺好的，感觉你比出院的时候长胖了一点。"小帅微微一笑，从口袋里掏出一个信封，轻轻地递给我："姐姐，这个给你。"然后就害羞地跑开了，我打开一看，发现是一封感谢信，字里行间都是对我悉心照顾与开导的感恩，温暖而有力量的话语更是传递出对生命的无比尊重。

如今，我们还是会时不时聊上几句。小帅常说，人生路上能遇到我这么个姐姐是无比幸运的事。我又何尝不是呢？人生就是一场又一场的相逢，所有的相逢都是上天的恩赐。

尾声：春天里的微笑

阳春三月，万物复苏，玉兰花开满枝头，诉说着生命的奇迹与希望。感谢命运让我在那个寒冷的冬天与你相遇，陪你度过了最艰难的时光。未来的日子里，愿我们都能怀揣着爱与希望，继续前行，在生命的旅途中绽放属于自己的光彩！

城站血液科 3-1 ｜方倩

深夜的温暖：
心衰爷爷的零食秘密

  在杭城的一隅，浙大一院之江院区心血管内科的病房里，住着一位李姓爷爷。李爷爷八十有余，患有慢性心力衰竭。心力衰竭会导致回心血流受阻，使内脏（胃肠道、肝、胆等）淤血，引起食欲不振、腹胀、恶心、呕吐等症状，还可能会出现呼吸困难、水肿等不适情况。李爷爷就是因为心衰导致腹胀，胃口变差。为了改善爷爷的症状，医生要求爷爷控制摄入量，保持出入量的平衡，责任护士每天都会细心地询问爷爷的饮食和排尿排便情况，好准确掌握爷爷每天的出入量。

  有一天，责任护士发现爷爷的床头柜只放了两瓶冰红茶。经不住护士的反复追问，爷爷不好意思地承认自己在"偷"喝！原来，爷爷吃啥都没胃口，只有喝饮料才觉得嘴巴里有点味道。但对处于心衰期的爷爷来说，冰红茶可不是好选择，不但液体量大，饮料内还有许多添加剂，不利于心衰的控制。责任护士千叮万嘱爷爷可不能再喝了。可爷爷嘴上答应得好好的，转身却把饮料藏起来，趁护士不注意又偷偷喝，真是个老顽童！于是，病房里斗智斗勇的生活便开始了。

每次路过爷爷那，护士们都会"检查"一番，看看爷爷的床头柜有没有藏着饮料瓶，像交代幼儿园的小朋友一样反复叮嘱："爷爷，今天少喝点饮料哦！"爷爷每次都会笑着摆摆手："知道嘞！"爷爷有时不想吃饭，就偷偷让护工阿姨给他冲个泡面，但阿姨早就被小郑护士给"收买"啦。一有风吹草动，护士马上就到床边对爷爷进行"再教育"。"爷爷，今天食堂的鸡蛋羹又香又嫩哦！"这是小郑护士在床边哄李爷爷呢。

护士长是心衰容量管理的专家，每天查房时都会鼓励李爷爷，给他讲述心衰的知识，和爷爷一起讨论怎么样做好自我管理。渐渐地，爷爷似乎也变得"懂事乖巧"了不少。

李爷爷的家人平常工作比较忙，陪伴他的时间不多。不过，爷爷很健谈也很开朗，我们工作之余会经常陪他聊聊天。在爷爷熟睡的时候，我们会轻轻帮他把床栏拉起；在爷爷吃饭的时候也经常哄他："爷爷，你的饭菜真香，看得我们都饿了，你多少吃一点"；在爷爷没精神的时候，会协助他调整体位，捋一捋他皱了的衣服；在爷爷精神好的时候，我们也会扶着他下来，在床边小坐一会儿，活动下筋骨。

日复一日，爷爷跟我们更亲了，需更换输液时会加一句："你们别着急嗷，慢慢来！"隔壁床来新病人了，还会跟他们主动向他们介绍起病房环境，告诉他们主管护士是谁，当起了"寝室长"！尽管疾病给爷爷带来了身体的不适和生活的不便，但他依旧温暖善良。

当夜幕降临，病房的灯一盏盏熄灭，护士的身影在病房的各个角落穿梭不停，有时候连水都顾不上喝一口。这一切都被李爷爷默默地看在眼里，记在心里。经过这些日子的相处，爷爷早已把这些护士当成了自己的孩子，打心眼里心疼她们。于是，爷爷便开始了他的秘密行动。

到了深夜，当病房里的其他病人都沉睡时，他会轻手轻脚地从床上起来，拿出那些他偷藏的"宝贝"零食，悄悄放在护士站的桌子上，然后默默回到自己的病床。当夜班护士从病房转回，突然发现桌上多出的小零食，总是会感到一阵惊喜和温暖。是谁呢？护士们不禁揣测。

这一天，年轻的护士小郑在夜班巡房时，无意中发现了李爷爷正偷偷放零食的身影。一接班就忙得像陀螺一样的她，直接被这温暖的画面击中，怔怔地说不出话来。而转过身发现小郑护士的爷爷，显然有些不好意思，挠着头笑着说："看你一直忙个不停，怕你饿了，有空吃一点！"关怀的暖意在深夜清冷的病房里悄悄地蔓延，也舒展了小郑护士疲惫的身心。

经过积极的治疗和精心的护理，李爷爷的病情好转，人也精神了不少，医生告诉他可以出院回家了。那一天，医生和护士们都来到他病床边为他送行，为他感到高兴，嘱咐他出院后要继续注意身体，也感谢他带来的温暖和正能量。

深夜的小零食，是李爷爷难以言表的关爱，更是鼓励我们的正能量。作为一名普通的医护工作者，在最平凡的岗位上，坚守初心，用爱和专业守护每一个生命，希望这个世界能因我们的存在而变得更加温暖。

之江心血管内科病房 5-1 ｜郑晔　戴珍

医路相伴，逆境新生

与疾病斗争16年，我学会了与它和谐相处

我叫李飞。2007 年，我刚步入 30 岁，正值壮年。我在杭州市余杭区一所学校担任外语教师，我的妻子也是这所学校的教师。我们对未来的生活充满了美好的憧憬和期待，孕育的新生命正等待着迎接全新的世界。

然而，就在那一年，单位组织的体检中，我发现自己的体检报告上出现了"尿蛋白+"的字样。医院建议我住院做肾穿刺以查明原因，但当时我感觉自己平时身体素质很好，所以并没有太过在意，拒绝了医生的建议。

"我是谁，我在哪里？"在体检过后的一天晚自习上，我突然失忆了。那一刻，我站在讲台上，望着下面一大群学生，却突然不知道自己身在何处，该做

些什么，当时脑子就像死机了一样，一片空白。我落荒而逃，在学校的走廊上像一只无头苍蝇一样到处乱转。遇到一个同事后，我请他打电话通知我的爱人来把我接回家。不知过了多久，我缓过神来，仿佛这一切都是一场梦。这一幕让我深感震惊。

浙大一院肾脏病中心的专家再次建议我做一个肾穿刺以明确病因，但我仍然对肾穿刺的风险感到担忧，所以再次拒绝了。此后，我的生活中便免不了看病、吃药、复查。

2017年，我再次前往浙大一院进行检查。这次，我没有再拒绝做肾穿刺。穿刺结果显示我患有慢性肾小球肾炎，急需药物治疗。

乐观心态，让我成为一位血透室"在编人员"

在通过药物治疗了2年后，到了2019年1月，我觉得恶心、想吐，双腿也肿了起来，小便也逐渐减少。我的慢性肾病还是发展成了尿毒症。药物治疗已经无法满足我的身体需求，从那时开始，我成了血透室的"常客"。虽然我知道迟早会走到这一步，但还是坦然面对。

从那时开始，我每周二、四、六早上六点出门，转乘一次公交，八点左右抵达浙大一院庆春院区血透室开始透析。下午一点左右透析结束，再乘坐2个小时公交回家。透析的4个小时，一只手不能动，多数"同事"都是通过看手机、聊天来打发时间。刚开始我还不适应，但时间久了，我也渐渐融入了他们。这样的生活节奏成了我的日常，虽然路途遥远且辛苦，但我却从未抱怨过。在透析的过程中，我结识了许多病友和医务人员，他们给予了我无尽的关爱和鼓励，让我感受到了家的温暖。每当我感到疲惫或沮丧时，他们总是耐心地倾听我的诉说，给予我鼓励和力量。

在医护人员的精心治疗和病友们的鼓励下，我重新拾起对生活的热爱和信心。我继续从事着教师工作，为学生们传授知识和智慧，让自己的生活更加充实和有意义。

2021年1月，浙大一院总部一期血液净化中心正式投入使用。我第一个报名要求在这里进行长期透析。这里的环境更加宽敞明亮、设施更加先进齐全。更重要的是，这里离家更近了，我再也不需要跨过半个城市去透析了。每次"上班"半天，我还能回学校食堂吃午饭，下午还能继续我的本职工作，这样的生活让我感到非常满足和幸福，也让我对未来有了更美好的期待。

点滴故事，传递温暖医患情

还记得刚到浙大一院总部一期血透室透析不久，蔡根莲护士查看我的血管后说："你的血管又直又粗，很适合做绳梯穿刺。"这是一种穿刺针眼均匀分布在瘘管上的穿刺方式，主要的优点是每个针眼穿刺一次休息两周，待血管内膜完全修复后再进行下一次穿刺，能够更好地保护血管。一直习惯钝针穿刺的我有点害怕，又担心是否会经常穿刺失败，是蔡护士不厌其烦地为我答疑解惑，耐心地为我讲解和鼓励，并且亲自为我成功完成了第一次穿刺。这对我触动很大，我十分感激。

在成功改为绳梯穿刺以后，疼痛明显减轻，有效降低了内瘘感染的风险。但由于我血管条件问题，仍存在穿刺失败情况，看着我的手臂变得淤青，自己的心情也跌落到谷底。在我最彷徨无助的时候，孙小仙护士就像生活中的一道光出现了。无论什么时候，我请求她帮我打针，她都会毫不犹豫、毫不推辞，哪怕她再忙，也会放下手头的工作来帮忙；有时候甚至会主动来帮助我，缓解我紧张的情绪，为我上机。每次上机前只要看到她，我心里就特别踏实，她带给我无以言说的安全感！由衷地说一句："小仙老师，有你在，真好！"

桃李天下，逆境中重获新生

从透析到肾移植，我用了 5 年时间。2018 年 10 月，我在浙大一院肾移植中心登记报名。经历了 5 年的透析生活，一通电话让我重获新生。

我记得很清楚，是 2024 年 1 月 23 日晚上九点多钟接到浙大一院肾移植中心的电话，说有符合我的肾源。接到电话的我激动不已，5 年的等待终于有了消息。24 日早上，怀着激动的心情，我前往庆春院区办理住院手续，并进行一系列检查，下午五点钟，我就要进行手术了。

在被推到手术室时，冰冷的白墙、刺眼的灯光让我忐忑不安。我既期待移植成功后的喜悦，又对手术是否顺利感到担忧。这时，我遇到了以前的学生，她现在已经是浙大一院一名优秀的护士。她得知我当天要手术后，下班后特意来看我，送我进手术室，并告诉我一些注意事项。这极大地缓解了我的术前焦虑。我内心充满感动——以前我教她学习知识，现在在我生命需要帮助的时候，她像一位天使一样出现在我的面前。这一刻，我真切地感受到"桃李满天下"的感动和喜悦。

主刀的是吴建勇主任，手术十分顺利。手术结束时，我已经能够排尿了。回到病房后，我做了床边肾脏B超，结果显示新肾的血流灌注良好。术后，我被送到了一间特殊的病房。与其他病房的忙碌与喧嚣不同，这里充满了安宁与和谐。这间病房是专为肾移植患者准备的，每一处细节都透露着医护人员的用心与关怀。

术后因为麻醉，我需要平躺6个小时。在这期间护士一直在我身边守护着我。麻醉完全清醒后，护士喂我喝了一口水。那一小口水，是我透析以来喝过最甘甜的水。经过一夜的漫长等待，我第二天的小便量就有1000mL以上了，移植非常成功。

每天早晨，护士们会准时来到病房查房。她们带着亲切的微笑询问我的身体状况，轻柔地查看伤口敷料，并细心记录每一项数据。医生们也每天都会来查房，关心我的身体状况，耐心倾听我的疑虑与担忧，并用专业知识为我解答，让我对恢复充满了信心。

在肾移植病房，我度过了 6 天。如今，我已经顺利出院，重新回到了正常的生活中。住院期间，我重新理解了"护理"二字的分量，也真正感受到了生命复苏的希望。在这里，每一天都是走向健康新篇章的新开始。

前路漫漫，坚信医学的力量

最后，我想对所有病友说："心态一定要好，千万不能在被疾病打倒之前，先被自己打倒了。"我们要相信医学的力量，相信医护人员的专业性和责任心。同时，我们也要相信自己的力量，勇敢地面对疾病和困难。只有这样，我们才能战胜病魔，重新拥有健康的生活。

从生病到移植，16 年中我与医护人员相处的时间甚至比与家人在一起的时间还要久，我深切地感受到了医护人员的辛苦与付出，他们用自己的行动和关怀，为患者带来了希望和力量。我相信，只要我们携手并进、共同努力，就一定能够战胜一切困难和挑战，创造更加美好的未来。

声明：

本文基于患者口述，经患者同意由作者代为梳理和撰写。为保护患者隐私，文中患者姓名为化名。文中所述内容均为患者亲身经历，未经任何虚构或夸大处理。

余杭血液净化 2-5 西丨慕元凯　应金萍

赠人牡丹，手留余香

　　夜深了，幽蓝色的天幕，一轮冷月兀自悬挂其中，月光透过窗帘的缝隙，斑驳地洒在白色的墙壁上。阵阵微风徐来，仿佛为窗户轻轻盖上了一层透明的薄纱。四周一片宁静，病人们都处于舒适的状态，我放心地深吸一口气，继续完善电子护理文书。

　　26床的赵大伯，心脏瓣膜置换术后第一天，白天刚拔除气管插管，处于鼻导管吸氧状态。夜间，他自行翻了个身，抽了两张纸巾捂住嘴，用力咳出一口白黏痰，小心翼翼地将纸巾卷好，放进床栏旁的垃圾袋中。我连忙起身，轻声询问赵大伯是否需要什么帮助。赵大伯揉一揉惺忪的睡眼，回答道："小王，我没有什么不舒服的。倒是你，这么晚，还不睡觉吗？"这句慈父般的暖心问候，让一股莫名的感动涌上心头。我把赵大伯的被子往上提了提，解释道："赵大伯，我们是轮换值班的，今晚我负责照顾您！目前您的各项指标都很平稳，安心睡觉吧！"赵大伯感慨道："那你们也太辛苦了！真的谢谢你们！"

擦身、口腔护理、会阴护理、刮胡子、梳头发、喂饭……这些日常护理，往往最能拉近护患之间的距离。每每看到满脸胡茬的病人在刮去胡子后神清气爽的样子，我的心情也跟着清爽起来。那天，我像往常一样准备给赵大伯刮胡子，他却脸色微红，摆摆手婉拒道："我回普通病房自己刮吧，太麻烦你们啦！留这么点胡子，不碍事的。"我抿嘴一笑，拍了拍赵大伯的肩膀，说："赵大伯，您别见外。在这里，我就是您的家人，您刮了胡子，多有精神气啊！家里人看到您，肯定会很高兴的！"赵大伯听了我的话欣然同意了。

赵大伯一边喝着稀饭，一边对我说："小王，你吃早饭了吗？"我摇了摇头，"还没有呢，我等下班了再去吃！赵大伯，您慢慢吃，要吃饱哈！"赵大伯放下手中的勺子，"那怎么能行啊，饿着肚子，干活都没劲儿！"他指着碗中我刚给他剥的鸡蛋，示意让我吃了。"不不不，大伯，谢谢您的好意，我真不饿，您太客气了！"

在与赵大伯的交谈中，我了解到他是一名老党员。在新冠疫情肆虐的非常时期，他放弃了为数不多与家人团圆的机会，在大年夜前往偏远的防控卡点值班。在寒风呼啸、雪花纷飞的冷冬，他每日值班 12 小时。长期患有高血压、腰椎间盘突出等众多慢性病的赵大伯，毅然在平凡的岗位上坚守了一年多，直至身体不适，查出心脏病。我还依稀记得赵大伯说，共产党员在关键时刻必须要冲上去，有些事情必须有人去做。赵大伯的形象在我心中愈加伟岸。在我眼里，他不仅是关心晚辈的长者，还是一名恪尽职守的军人，更是广大共产党员的优秀榜样。

有一次，赵大伯想借手机给家里人打个电话，报个平安。我拿起值班手机准备拨打家属电话，但他执意要拿我的个人手机。没想到电话一通，他就跟家属说："我的管床护士叫王梦婷，把她的手机号码记下，回头我们要谢谢她。"

随着赵大伯病情的好转，他顺利地转到了普通病房。而我，继续在监护室日复一日地照顾着像赵大伯一样的患者。

直到有一天，我意外地接到了一个来自新疆的电话。当电话那头传来一声"小王"，那温暖的声音在耳畔响起时，我的脑海中又浮现出赵大伯和蔼又慈祥的面容。

"小王！还记得我吗？我是那个来自新疆的大伯。"

"当然记得呀！怎么啦，赵大伯？"

"我画了一幅画，想当面送给你。"

我既感动又有些担心："谢谢赵大伯，您太用心了！不过现在新冠疫情形势依然严峻，您身体初愈，抵抗力可能还比较弱，还是先好好在家休养，保护好自己哦！"

"我明天来医院复查，顺便想把这幅画送给你。"

第二天，我见到了赵大伯。病愈出院后的他精神焕发，满面红光，我心中满是欣慰。赵大伯眉眼间洋溢着笑意："小王，快过年了，很多店都关门了。本想把这幅画裱好再送给你，但我马

上要回新疆了，来不及了。特别感谢你在监护室对我的悉心照顾。""谢谢您花费了这么多心思给我画这幅画，我一定会好好珍藏。以后也会更全心全意照顾好每一个患者。"

回家后，我小心翼翼地打开这幅画。只见画中娇艳欲滴的牡丹花，花瓣如丝如绸，焕发出生机勃勃的活力。这幅满载深情的艺术作品，将"富贵平安"的美好寓意传递给我。我收获的不仅仅是一份感动，更是一份无价的护患情谊。它将激励着我为更多的患者提供更优质的护理服务。

之江院区综合监护室 5-3 ｜ 王梦婷

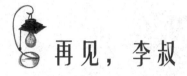

再见，李叔

哪怕从一开始就知道结局注定是枯萎黯淡的，我依然会选择在最后那一段路上，不断努力给予阳光。

生死时速、争分夺秒

那天下午，我如往常一样忙碌着，忽然听到同事急促地呼救："快来22床帮忙！"我像弹簧一样从座位上瞬间弹起，快步冲了过去。

只见柏油色粪便在卫生间门口散落一地，延伸到床上。同事和家属已经将患者安置到床上。李叔（化名）双眼紧闭，脸色灰白。我内心慌乱了一秒，但很快镇定下来，立即拍打李叔的双肩，大声呼唤："李叔，李叔"。但毫无反应。我迅速评估了他的颈动脉搏动和呼吸——没有脉搏，呼吸也停止了。情况紧急，我立即进行心肺复苏。床边很快围满了医护人员，大家有条不紊地展开抢救。终于，李叔费力地动了动睫毛，缓缓睁开了双眼。

"李叔，感觉好些了没？"

"好些了。"李叔动了动干涩的嘴唇，用那微弱得几乎听不见的声音应了一句。

"叔，别害怕，医生和我都在这儿，阿姨也在。"我转身拉起角落里阿姨的手，能明显感受到她在颤抖。我用力握了握她的手，想传给她一点力量。她轻轻点头示意，仿佛在说："我可以！"

阿姨走上前去，轻轻握住李叔的手，又抚过他额前那渐白的头发，整理一下衣扣，掖一掖被角，似乎她的手和心一样无处安放。或许是察觉到阿姨的不安，李叔喘着粗气，勉强挤出一些笑容安慰她："放心吧，我没事的！"

我心里清楚，那失禁的黑便意味着什么。双手触及的湿冷、毫无生机的皮肤，也在时刻提醒着我——情况不乐观！20分钟后，医生和责任护士一起把李叔送进了手术室。那天的走廊格外漫长，看着渐行渐远的背影，我感受到了一种无力感，心中默念："李叔，您要加油啊……"酸涩的情绪忍不住涌上心头，往日的画面如电影般一帧帧划过脑海。

初识，那份朴实的笑容

李叔因"皮肤黄染"被诊断为"肝门部胆管恶性肿瘤"，收入我科。初见他，他瘦小个儿，泛黄的脸庞上露出憨厚的笑容，洁白的牙齿格外醒目。"朴实"，是我见到李叔后想到的第一个词。完善了一系列的评估后，很快等到可以手术的日子。术前一天，我详细地为李叔做术前准备及健康宣教。他听得很认真，时而点头，时而跟我一起比画。我开玩笑说："叔叔，您做得很标准呢！下次给其他人做健康宣教时，我得请您当模特，帮我做示范好不好？"李叔挠挠头，憨厚地说："是林老师教得详细，我再好好练习练习。"

次日，送李叔去手术时，我觉察到他的不安，轻声问："叔，紧张吗？"

"紧张，感觉像今天就要上战场。"李叔坐在凳子上，双手不停地搓着双腿。

"叔，您放心，我们的医生都是最厉害的，我觉得叔也是最坚强的，我和阿姨一起在这里等您打胜仗回来。"我轻轻拍了拍他的肩膀。李叔用力点头说道："好！"

术中发现李叔的肿瘤已经从胆管长向了肝内，无法彻底清除，做了"部分肝切除术＋胆管空肠吻合术"。医生告知家属术中情况及术后预后时，被我听到了。尽管见多了生死，可得知情况后我依然心情沉重，手术只是李叔经历的第一个难关而已！等到李叔复苏醒来安返病房后，我整理好自己的情绪，对李叔竖起大拇指说："叔，我就知道您是最棒的！"李叔又憨憨地笑了。

大叔队伍，爱与希望的传递

术后第一天，在康复师的帮助和指导下，李叔已经勇敢地下床走路了。看到他转身时脸上露出疼痛的神色，似乎是扯到了伤口，我急忙上前搀扶："叔，没事吧？能早点下床康复锻炼是好事，但也不能强求，要循序渐进。起身下床、转身、上卫生间的时候都要小心，千万别扯到伤口。"李叔缓缓地点点头："好，好，我都记住了。"

接下来的几天，病区走廊上总能看到李叔的身影。从一开始的弯着腰、需要人搀扶，到后来扶着移动输液架锻炼，再到后背越来越直、步子也越来越稳，他的进步有目共睹。我笑着说："叔，以后您就是我们康复锻炼的榜样了。要是再有患者不好好锻炼，我就把您这么努力的例子讲给他们听，让他们向您学习。"病房传来李叔和病友们爽朗的笑声："哈哈哈，哈哈哈……"

在李叔的带动下，病房里那些原本不愿锻炼的大叔们也纷纷行动起来，"大叔队伍"逐渐壮大。同事们每次遇到他们，都会笑着送上一句"加油""好棒"，而他们会热情回应："我今天还有两圈没有走完呢！""我已经走第8圈了！""我明天要出院啦！"……那温馨画面总能瞬间冲走我们工作时的疲惫。往后，每当我工作中遇到困惑，只要想起这支特别的"大叔队伍"，就觉得一切付出都值得。

我们用心治愈，却也会反被治愈！经过一段时间的精心治疗和护理，李叔终于出院了。出院那天，我正好休息，没有上班。李叔却特意托同事向我转达："感谢这段时间林护士对我的照顾和鼓励，让我感到非常温暖！我不太会表达，但我真心感谢你们医院的医生和护士！"听到这些话，我内心五味杂陈：有被感谢之后的开心，有遇到暖心患者的欣慰，但又夹杂着一份对李叔预后的隐隐担忧。

日落余晖，故乡的呼唤

　　收到李叔因"胆道感染、发热"需要再次住院的消息，虽是意料之中，却也难以接受，这已经是他第四次住院了。见到熟悉的脸庞，李叔清瘦了很多，脸色比之前更黄了，甚至有些晦暗。我不敢往下想，故作轻松地喊了一声："叔，看上去精神还可以嘛，给您安排在护士站对面的这个房间，这样离我办公班的位子很近，有需要可以随时来喊我帮忙，好不好？"李叔一如既往憨笑，答道："好，好！"安排好李叔后，阿姨悄悄地来告诉我："你李叔他不愿意来医院治疗了，他想回老家，我们家里人劝了很久他才肯来。"

　　对于即将走近生命尽头的人来说，也许故土格外让人怀念。傍晚，无意间看到李叔正在走廊的尽头看着窗外，也许是在感受日落是不是和家乡的一样，也许是在思考窗外的车水马龙哪一条是他回家的路。我静静地站在旁边，李叔发现了我，侧身一笑。

"叔，您知道吗，我也两年没回老家了，不过我觉得，家人在哪里，哪里就是家！"李叔松了一口气："走吧，回去问问你阿姨今晚吃啥？""好，下次再陪您一起看日落。"后来，李叔似乎笑容又多了起来，阿姨开心地对我说："你李叔他这几天心情不错，好像想通了，没提过回老家的事了。"

离别，不得不说再见

把李叔送去手术室后，我们又回到了各自的岗位上，转头瞥见阿姨靠在墙角，似乎下一秒就要瘫倒在地。我快速上前扶住她的半边身体，一旁的同事送来椅子，我搀扶着她坐下，让她靠在我的肩头。

我正思考着如何安慰她，尽管我知道此刻再多的言语都显得无力又苍白。阿姨咬着嘴唇，率先开口："小林，你李叔他这次怕是熬不过去了。"我知道阿姨说的是事实，但还是想给她一些希望："不会的，阿姨，李叔经历了这么多次困难都挺过来了，医生也一定会尽最大努力的。"阿姨微微抬起耷拉了许久的目光，有一瞬间似乎又燃起了希望，可很快又黯淡下去："我知道你是想安慰我，你李叔总跟我说，要感谢你，感谢这里的医生和护士。没有你们，我们可能坚持不到现在。你李叔他生病这么久，我心里也有数，只是没想到这一天会来得这么快。"说完，阿姨捂着脸泣不成声，头顶的白发随着颤抖的身体上下浮动。一瞬间，我内心揪作一团，眼眶也被泪水漫湿。我快速擦掉泪水，不想内心的慌乱被发现。哪怕只是片刻，我也想成为她坚强的依靠。

那天的日落格外安宁，可当我再次站到窗前，霓灯初上、日出日落，那抹身影却再没有回来。我知道他一定是先回了老家，然后去了一个没有疾病的地方。

再见，李叔！

在疾病面前，我们是如此渺小，尽管不想认输，却又不得不认输。我不后悔陪你们并肩作战，虽然无法逆天改命，但我愿做黑暗中的一盏灯，帮助你们找到希望的光芒，我努力做生命中的一道彩虹，为你们带来色彩和温暖。

　　　　　　　　余杭肝胆胰外科病房2-9西丨林丹丹　丁维燕

锦旗背后的十年情谊

2023 年 2 月 15 日，新年伊始，一面锦旗不期而至。

"夏护士，时间过得真快，转眼间我已经腹透（注：腹膜透析）快 10 年了。感谢您这么多年对我的关心和帮助，送您一面锦旗表达一下我对您的感谢！"

我是一名腹膜透析随访护士，送锦旗的壮小伙名叫刘进（化名），是一名老家在陕西的新杭州人。2013 年 10 月，我和他相识于腹透专科门诊。这面正红的锦旗背后蕴含着我们 10 年腹透情谊……

腹透结缘，初识小伙

2012 年，刚刚大学毕业的小刘被诊断患上尿毒症。为了拯救爱子，刘妈妈毫不犹豫地捐献了一个肾脏。然而，不幸的是，亲体肾移植后仅 8 个月，小刘的移植肾遭受病毒感染和排斥反应。2013 年 10 月，年轻的小刘开始了腹透之路，那一年我刚从病房调到腹透专科门诊工作。

　　第一次在诊室见到刘妈妈和小刘，小刘是一个壮实、白净、文静的年轻人，脸上透露出疾病带来的疲惫感。了解完他的病史后，我为小刘感到惋惜，为他曲折的经历感到心痛。我默默下定决心，要守护好小刘的腹透之路，期待他早日迎来第二次肾移植。

10年随访，锦旗言表

　　时光荏苒，小刘的腹透之路并不平坦，进入腹透后，他反复出现贫血和低蛋白症状，且难以纠正。他的病情也促使我进一步探究相关专业知识。我翻阅了国内外腹透相关文献，尽我所能从护理的角度出发，从饮食管理、用药指导、腹透方案追踪、预防感染以及居家自我监测等多方面对小刘进行积极的教育和指导。

　　腹透质控会议上，我再次将小刘的病例提出来进行深入讨论："刘进，男，26岁，因移植肾失功转为维持性腹膜透析治疗两年余。目前，血红蛋白水平为98g/L，人血白蛋白为33.5g/L，C反应蛋白24mg/L……"在讨论中，我们从患者营养摄入不足、透析不充分、慢性失血、感染以及其他可能的并发症等多个角度进行排查。经过一系列的细致分析和讨论，我们最终将问题的根源锁定在他的移植肾上。移植肾切除术后，小刘贫血和低蛋白症状得到明显改善，炎症指标也恢复了正常。在对小刘的疾病管理过程中，我也进一步提升了对腹透专业知识的理解。

　　但是没过多久，新的问题出现了：如何让小刘尽可能地回归社会，是他们家庭面临的难题，当然也是很多腹透患者可能面临的一个社会问题。刚大学毕业就生病的小刘没有工作。刘爸爸是一名建筑包工头，他觉得让儿子去工地上工作不太合适；刘妈妈是一名普通职员，也无法放弃工作全职照顾儿子。当父母出去工作时，小刘一个人待在家里，又不怎么会做饭，只能靠点外卖度日。随着胃口恢复，他坐得多、动得少，还喜欢吃点零食，随访指标再次出现问题：体重增长过快、血磷偏高、透析充分性不达标。

　　我意识到，仅仅关注他的医疗问题是远远不够的。当务之急是帮助小刘改正饮食结构和生活作息，让他拥有健康的生活状态。在和小刘一家的沟通中，我能感受到小刘父母的担忧，也能体会小刘的无奈。小刘要学会照顾自己，让生活充实起来。于是，我们一起商量，一起寻找解决办法……

　　我邀请小刘参加医院的肾友会活动，让他在活动中结识其他腹透患者，互相支持、交流经验，共同面对腹透的挑战。我还鼓励他劳逸结合，和他一起商量合适的运动方法，帮助他改善体能；同时，为他提供适合腹透的健康饮食建议，鼓励他自己烹饪一些简单又营养的餐食。通过我们共同的努力，小刘的身体状况逐渐稳定下来，他也逐渐恢复了对生活的信心。

护患携手，透亮人生

现在的小刘是一位游戏博主。喜欢打游戏的他在娱乐的同时，还能通过爱好赚取收入。他按时起床，规律透析，每天还会去附近公园散散步，有空的时候还会去爬爬山，也学会了做简单的饭菜，随访指标相对平稳。

"刘进，10年了，你有没有考虑过再做肾移植？"我问小刘。

"夏护士，早在3年前我就轮到肾移植了，但我害怕。我怕新移植的肾脏又用不到一年，我怕移植后那么多的并发症，我觉得这样腹透挺好的，有你守护，我很放心，反正我爸妈也同意让我再想想。"他答道。

关于肾移植，我也和小刘父母进行过交流，因为肾移植成功后的生活质量优于腹透，我希望看到小伙子能顺利地再次接受肾移植，开启人生的新篇章……但是我同样尊重小刘的个人选择。只要他还在做腹透，我都会立足岗位，做好本职工作，确保我们腹透团队继续为他的健康保驾护航。就像维克多·弗兰克尔在《活出生命的意义》中写道："护士是陪伴患者走夜路的人，我们虽然不能改变夜的黑，但是我们的陪伴可以增加患者走过夜路的勇气。"我只希望护患携手同行，护佑小刘的腹透旅程。

2024年的新年钟声已经敲响。过去的10年里，我守护小刘的腹透治疗，而小刘也见证了我职业生涯的成长——从一个刚刚接触腹透的小护士，成长为具有专业资质的腹膜透析专科护士。锦旗背后不仅印刻了他不平凡的 10 年腹透之路，也坚定着我继续砥砺前行的腹膜透析专科护理之路。

庆春腹透随访门诊 | 夏银燕

"纸"为情，不止为情

　　初识"纸短情长"，还是在青涩的校园。它如同一缕古韵，穿越百年时光，从《玉梨魂》中款款而来，诉说着"临颖神驰，书不成字，纸短情长，伏惟珍重"的深情厚谊。再次邂逅，它化作一首现代歌曲，唱出了"道不尽太多涟漪，道不尽太多年少"的青春爱恋。直至后来，在急诊室的日日夜夜中，我才真正领悟到，这份情感的深远与厚重，远非文字所能全然承载。

　　在急诊室，我日复一日地穿梭在生死之间，见证了太多的人间悲喜。曾几何时，我也曾因患者的离去而久久不能释怀。然而，时间如同一位严苛的导师，教会了我如何在情感的洪流中保持冷静与理智，同时在无数次的生离死别中，逐渐筑起了一道看似坚硬、实则脆弱的心理防线。

　　那天，一封意外的感谢信，却如同一块巨石投入了我心中那片看似平静的湖面，掀起了一番截然不同的情感波澜。"……感谢你们在我父亲生前对他的照顾……"这封信，没有华丽的辞藻，没有工整的笔迹，却字字千钧，流露出写信人深深的感激与真挚的情感。一股暖流，温暖了我早已习惯冷漠的心房。

我回想起那位中年男人，他的眼眶泛红，话语中带着难以言喻的哀伤与自责，但更多的是对父亲深深的爱与不舍。

这位患者年纪也不算很大，但病情的预后堪忧。他的儿子拒绝了医生的治疗建议——入住监护室，因而患者在抢救室躺了几天后便自动出院了。

这位患者的儿子是位年近40的中年男人，戴着一副眼镜，边框有点褪色，陪护期间总穿着一件格子衬衣。由于在急诊抢救室住的时间久了，这件衣服的衣领便也给我留下了深刻的印象——从最初来急诊时被洗到发白却也干净、整洁，到走时变得皱皱巴巴、满是黄渍。

记得那天一接班，医生按惯例来找家属谈话签字。当时，我就站在他们身后。他郑重地在拒绝入住监护室的同意书上签了字，然后小心地问我们："我爸……还能活多久？"

医生面露难色，尴尬地说了句"这个不确定"，便走开了。

我上前，准备测血压，他站在一旁，对着我轻声说道："我是不是有点不孝顺？！"

我突然一愣，没有答话，继续绑血压袖带。

"我爸只有我一个儿子，我却签字拒绝救他……"

在等待血压量完的过程中，我听着旁边的这个中年男人说话逐渐哽咽起来，便不自觉搭了句腔："每个人的家庭情况不同吧？"

是的，并不是每一个家庭都能负担得起监护室的费用。至于孝顺不孝顺，更由不得他人评判。

"是他自己。"

血压 93/50mmHg……我默默记下数字，准备离开时，听到了这么一句，不禁回头看着躺在床上不到 65 岁的患者："他自己？"

"……他自己不想活了，这个病……折磨了他大半辈子。这次来医院，人还清楚的时候……就跟我说，他……不要进那个都是管子和机器的地方（监护室）了……"面前的男人走到床尾，披了披患者脚边本就整整齐齐的被子，哽咽着，断断续续说道："他说……他累了……他说……不要折腾他……"

面对父亲的病重与即将逝去的现实，他选择了尊重父亲的意愿。

我看着床边上的引流袋和昏迷的患者，内心悲凉，不知如何安慰，却还是傻傻地说了句："会好起来的。"

他转过头来看了看我，说道："不会好起来了。我知道迟早会变成现在这样。"慢慢坐回在床边的陪护凳上，似是稳定了下情绪，说出了让我至今无法忘怀的一段话："我知道药维持不了多久，他也终究是要走的，我赖在这里，只不过是……我……想多做几天有父亲的孩子而已。"

这段话，如同一把锋利的刀，直戳我心底最柔软的部分。

是啊！在有限的时光里，多陪陪父亲，多做几天有父亲的孩子。

我们救治护理的只是一个寻常的危重症患者，但于这个中年男人而言，我们在他所希望的救治下，让他在这个世间多做了几天有父亲的孩子。而从他父亲离世的那天起，他就再也成为不了"孩子"，余下半生将会永远是世人眼中的"大人"。

送来的感谢信是从最普通不过的笔记本上撕下的一页，字里行间，透露着这个男人失去父亲的悲伤，却也表达了对我们医护人员最不普通的真诚谢意和感恩。

其实，绝大多数时候，我们只是缺少了感同身受般动情的时间和空间。在有限的时间和空间里，我们接触了太多的危重症患者，恻隐之心偶尔会迟钝，却永远不会消失。就像那天和这位中年男人说完，回到护理站时，发现自己不知不觉也红了双眼；就像现在坐在电脑前码字，我再回想起他的话语，鼻头还是会微微酸涩。

回望那些在急诊室度过的日子，收到的每一面锦旗、每一封感谢信，都是对我们工作的肯定与鼓励。它们或许简短，却字字含情；或许朴素，却句句真诚。我们面对来来往往的患者，认真对生命负责。但于患者而言，他们托付给我们的，是今后的生活，是他们倾其所有地渴望的健康人生。这些来自患者及家属的感激之情，如同冬日里的暖阳，温暖着我们的心房，也让我们更加坚定了前行的步伐。

世人皆说，医院的白墙聆听过比教堂还要虔诚的祈祷。医护人员只是尽自己的最大努力充当"神"的角色，但终究不是神。摒弃不了世间的七情六欲，遗忘不了抢救无效带来的心痛。当然，也会因患者的每一次病情好转而欣喜。"谢谢"二字，无论是说出口，还是落于纸上，都显得太过轻松，却又过于沉重。

你知道为什么网络上漫天吐槽从医苦累，却依然有无数青年学子前赴后继报考医学院校吗？你知道被认可的感觉吗？当我们听到这两个字的时候，相比于自豪，更多的是医护与患者之间彼此的感动，所有患者的健康之路，铺就了每一位从医人的生命价值实现之路。

踏入医院，是为守护患者生命；身着白衣，更是为唤起人与人之间最纯粹的初心——抛除一切杂念，不负彼此的托付。

"救人良药医者稀，善心仁术赠君知，愿君长命百岁久，以此为报救吾时。"白居易在承蒙医者救治后，送上了一首诗作为"锦旗"，那是对他长命百岁的祝愿。而我们收到的那些所有来自患者们的感谢与肯定，笔笔画画，跃然纸上。医者与患者面带微笑，可终究不善言辞，但内心却如明镜一般。相对而立，彼此无声胜有声，诠释着："纸"为情，却，也不止为情！

庆春急诊科｜胡倩希

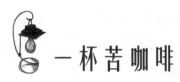 一杯苦咖啡

　　在生命的边缘，重症监护病房（intensive care unit，ICU）不仅仅是技术与设备的较量场，更是人性光辉与温暖汇聚的港湾。

　　每一次的细心呵护、每一次的耐心倾听，都是对生命最大的尊重与爱护。

　　故事，就从一杯不起眼的苦咖啡开始。它不仅仅承载着咖啡因的苦涩，更蕴含着一份深深的感激与敬意，讲述着一位 ICU 新护士的成长历程，以及他与患者、家属之间那些不为人知的温情瞬间。

初入ICU的懵懂与挑战

　　岁月如梭，却又是如此的温柔，温柔到承载着岁月的一切悲欢离合与酸甜苦辣。转眼间，又一年在忙碌与收获中悄然流逝。这一年，我在 ICU 的每一个日

夜，都如同细品一杯苦咖啡，初尝时或许苦涩难言，但细细回味，却是满口的醇香与甘甜。在这一路的成长中，我见证了生命的脆弱与坚韧，也在这份见证中，悄然蜕变。

从初出茅庐的青涩，到如今的独当一面，每一步都凝聚着汗水与泪水。但最让我难以忘怀的，并非那些日复一日的护理操作，而是那个平凡日子里的不平凡瞬间，成为我职业生涯的一束光。

那是一个没有风雨交加，也没有特别纪念意义的日子，我像往常一样，带着略显沉重的步伐踏入 ICU。我的心中，既有对未知挑战的忐忑，也有对这份神圣职业的热爱。当天，我的任务是照护两位长期住院的患者，其中一位，就是那位让我深刻体会到"成长"的年轻女孩。

优质护理背后的温情

年轻女孩，病情复杂，长期昏迷，头面部严重畸形，眼睛一大一小。虽然之前上班时已远观过，但今天必须完全由我亲自手把手地管理她，内心还是有些胆怯。我不断给自己加油打气——"大老爷们儿要镇定！"

直到中午，我忙完了护理评估与治疗，才发现小姑娘头发稀少，不仅早已没有"飘柔"般柔顺靓丽，而且凌乱不堪，头皮十分油腻。加上之前多年长期卧床导致枕后部形成一个难以避免的压疮，而现在这个压疮被减压敷贴保护得严严实实。

要想把她的头皮、头发洗干净，这可是一个"棘手"的大工程。洗头还得请造口小组同时进行伤口清创、伤口保护。

面对这样的患者，我虽胆怯，但此时更多的是责任和担当。我决定为她做一次细致的头发清洗，这不仅仅是一项简单的护理操作，也许更是我对她无声关怀的表达。

在护工阿姨的帮助下，洗头、换药、擦身……哎呀！刚穿好衣服，大便又失禁了，排泄物污染了一身、一床！于是又给她擦身，换衣裤、床单、被套。直到下午家属探视前，我总算完成这项大工程。尽管过程中充满了挑战，但当我看到小姑娘凌乱的头发变得整洁干净时，那份成就感油然而生。

探视时间到了，女孩的母亲走进病房，眼中充满了疲惫与忧虑。我与女孩母亲简单交流了病情，介绍了今天做了哪些操作、哪些治疗。当提到帮女孩洗过头、头部换过药、整理过床单位后，我发现女孩母亲的眼眶瞬间噙满了泪水。

我上前去轻声地问她："您怎么了？有什么不舒服吗？"

女孩的母亲哽咽着说："没事，没事，小伙子，谢谢你，谢谢你帮她洗了头发，弄得这么干净。"

"应该的，这是我们应该做的。"

"这样看着真的舒服多了，我之前也只能用清水帮女儿擦一擦。辛苦了，小伙子，真的谢谢你！"女孩母亲双手合十，点头向我致谢。

倾听与共鸣的力量

原来，在母亲的心中，关心的不仅仅只有病情，还有女儿的头发。我们的每一个细微举动，都可能成为患者及家属心中的温暖之光。我们的每一次小小努力，对家属而言，都是莫大的安慰与希望。

作为一个内向又害羞的男护士，为了缓解这尴尬的致谢场面，我只好转移话题，便向女孩母亲询问病史，尽管对此，交接班时我早已大致了解。于是，我们之间的对话从病情的交流，逐渐转变为情感的倾诉。

女孩的母亲向我讲述了女儿从一个聪明伶俐的小女孩，到现在意识不清、住在 ICU 的整个经过。说到痛处时，她边哭边抽泣，眼泪止不住地掉。她应该是压抑了很久，无处可以诉说。女儿患上难以康复的疾病，但仍然坚持救治。可怜天下父母心！我理解她在这三个多月的日子里所承受的痛苦，我更明白，这时的我不仅是一名护士，更是她情绪的宣泄口、心灵的慰藉者。我不忍打断她，静静地倾听着，她对女儿深沉的爱与不舍，让我动容。

慢慢地，我又引导女孩母亲讲述女孩小时候发病前的美好回忆，希望能让她在悲伤中找到一丝慰藉。母亲的情绪逐渐稳定下来，当回忆到女孩小时候就诊和主治医生交流时有趣的对话，她的眼睛里又充满了光。当然，此时的我早已分不清，这是泪光还是希望之光。

　　临近探视结束，为了安抚女孩母亲，我还是不断地鼓励她："再坚持一下，也许会慢慢地好起来。"虽然这种可能性微乎其微，但是我知道，此时的她更需要一份鼓励、一份执着、一份信念。

　　家属探视时间过后，我依旧留在原地愣愣地发呆了一会儿。也许是刚才共情太过生猛，顿时感觉自己也好难受。的确，有时候我们该做的医疗护理都做了，但因为医学的局限和病情的复杂，实在难以起死回生。我不禁想起了特鲁多医生墓志铭上的那句话："有时是治愈；常常是帮助；总是去安慰。"没错，不知不觉中，我亲身实践了这句话，并终于感受到了它的力量。

　　让我意想不到的是，这份看似微不足道的关怀，却深深触动了女孩母亲的心。下班时，看门大伯给我拿了一杯咖啡（呦！还是浙江省有名的品牌——"浙熠咖啡"），说是一位女孩母亲专门为我买的。我急急忙忙地冲了出去，但未发现女孩母亲的身影，于是又立即给她打电话说心意已收到，让她回来把咖啡拿走。女孩母亲在电话中说她已经离开医院了，挂断电话前再一次向我表示感谢。

　　……

　　半个月后，女孩还是走了！

　　我很难过！

　　喜剧往往让人快乐，但悲剧更让人印象深刻。但我并不觉得这是悲剧。对她母亲而言，或许是一种解脱；于小女孩而言，她只是换一种方式活着罢了。

成长与蜕变

　　这次经历，于我而言，无疑是一次深刻的成长。作为一名ICU护士，我们不仅要具备扎实的专业技能，而且要有一颗敏感而温暖的心。我们要勇于面对挑战，不怕脏、不怕累，用心去关爱每一位患者；同时，我们也要学会倾听与沟通，与家属建立良好的互动关系，共同为患者营造一个温馨、和谐的康复环境。

　　时光荏苒，转眼间，我也逐渐成长为一名更加成熟、更加懂得关爱的护士。那杯苦咖啡的故事，已成为我职业生涯中一段珍贵的记忆。那杯苦咖啡，不仅仅是对我工作的认可，更是对我所

代表的人文关怀精神的肯定。每当回想起那个瞬间，我仍然会感到无尽的温暖和力量。

之江综合监护室5-4 ｜ 翁成杰

同心协力护生命，
温情护理抚身心

ICU的团宠小老头，今天他转科啦

"谢谢你们，谢谢你们！"坐在轮椅上的是一位精神矍铄的老头，满脸笑意，和科室的每一位医护人员握手道别与致谢。

"泉哥，回家好好养身体哦！"

"泉哥，希望你的小卖部生意蒸蒸日上！"

"哈哈哈，好好好！"

他被护工推着，带着大家美好的祝福，带着重获新生后的喜悦，离开了这个他和医护人员一起奋战了99个日夜的地方。

泉哥是一位70岁的小老头。因为性格俏皮爽朗，很快和医护人员熟络，被大家亲切地称呼为"泉哥"。

内外联手，所向披靡

泉哥患心脏病已有数年，一直靠药物保守治疗。这一次，因症状加重服药后无法改善，他再次就医，被确诊为主动脉瓣重度狭窄，需要手术治疗。然而，由于手术复杂且风险大，他辗转多家医院，却被一次次被婉拒。求医无门的他，听闻浙大一院心脏大血管外科技术国内一流，慕名而来。

2022年7月5日，泉哥在浙大一院接受了历时8小时的心脏二尖瓣、主动脉瓣双瓣置换手术，术后转入余杭综合监护室。尽管医生们早已有心理准备，但术后泉哥的病情危重程度仍让大家始料未及：低血容量性休克、代谢性酸中毒、气道大出血等症状接踵而至。重症医生们没日没夜地守在他床边，评估病情、抗凝、扩容、抗感染、维持电解质平衡、维持心率循环稳定……

由于先天性因素以及心脏手术和气道出血等打击，泉哥出现致命性的并发症——气管支气管软化症。简单来说，就是气道支撑力度不够，容易发生气道坍塌，导致呼吸机送气困难，氧饱和度急剧下降。怎么办？医护团队迅速联合心外科、感染科、呼吸内科、放射介入科等科室进行了多次多学科联合诊治会议，反复研讨治疗方案，寻求最佳解决方式。最终，研究决定实施气道激光治疗术。

然而，痰培养结果显示存在多重耐药菌，此等气道条件无法开展气道激光治疗。重症医护齐上阵，落实各项治疗护理措施，重点做好气道管理。几天后痰培养结果连续转阴，终于具备了实施气道激光治疗的条件。

8月10日，重症医学科和呼吸内科共同合作，为泉哥进行了第一次气道激光介入治疗术。经过两次治疗后，气道狭窄明显好转。在完成4次治疗后，泉哥的病情整体向好的方向发展。在重症团队的努力下，泉哥一次次从生死边缘被拉回，开启了康复之路。

内外兼顾定乾坤

身体的疾病已经慢慢康复，但长时间的监护室治疗让泉哥的精神状态日渐萎靡，每日郁郁寡欢，以泪洗面，寝食难安。在纸上一遍又一遍地写着："我还能回家吗？""我还能正常生活吗？"……

环境可以改变一个人的心境。我们将泉哥换到了带窗朝阳的房间，让他看太阳东升西落，感受时间流转，规律作息。为了促进泉哥的康复，重症医学科联合康复医学科每天白天为他进行膈肌锻炼、关节活动、床上踩脚踏车等康复锻炼，从床上倚坐起慢慢过渡到床边轮椅坐起。大家都想尽办法让泉哥开心。医护人员特意买了一台收音机，通过播放舒缓的音乐，配合精神卫生科的用药，帮助他促进睡眠，以充沛的精神和体力迎接第二天的锻炼。

在大家的共同陪伴和鼓励下，泉哥渐渐地有了笑容。他会在和家属视频的时候，一笔一画在纸上向我们介绍他的家人们，跟我们分享他的小卖部、他的厨艺，还会时不时秀一波恩爱。当我们打趣他时，他会害羞得脸红……最初那个瘦得干巴巴、满目愁容的泉哥，已然是个红光满面、精神抖擞的小老头。每个路过他病房的人都会亲切地和他打声招呼，他也热情回应，见谁都要握个手寒暄几句。泉哥，已然成了我们监护室的"团宠"。康复之路进展得很顺利，各项指标都趋向正常，呼吸机支持参数也稳步下调。10月7日，泉哥终于安全堵管，他满含泪水，嘶哑地说出了3个多月以来的第一句话："谢谢，谢谢你们！" 10月11日，泉哥平稳转入普通病房。5天之后，泉哥带着一颗强有力的心脏康复出院了。

看着泉哥一步步地闯关成功，我们每个人都被他感动，也被生命的顽强而感动。长达99天的监护室治疗，是他的持久战，也是我们的守卫战。浙大一院多学科团队一次次与死神博弈，与时间赛跑，为泉哥赢得一次次生还的希望。在这里，我们有幸见证了生命的美好，也将继续用尽全力守护更多的健康。

救命也是渡人，患者带着健康的体魄和乐观的心态回归社会，这是生物医学与人文医学相互交融的结果。这，才是医学的意义！

余杭综合监护室 2-3 丨金佳敏　俞超

"心"跟着希望在动

　　人生没有标准答案，每个人都有自己的注脚。我所讲述的故事，或许算不上千回百转，但却真实存在，犹如一场激烈的博弈，让人无法逃避。我是浙大一院的一名白衣天使，一直以来，因能帮助患者而乐此不疲地工作着。今天，作为扩张型心肌病（简称扩心病）患者的家属，身处不同的角色，经历不同的故事，我用心用情书写一段"跨越浙一"的历程。这一路，有惊心动魄，有儿女情长，不乏辛酸劳累、提心吊胆、紧张恐惧，甚至面临抉择时的崩溃，但更多的是来自医护人员无穷无尽的关爱，使我们鼓足勇气，有了"行到水穷处，坐观云起时"的从容。

　　故事的男主角是位尚且称得上"高帅"的唐先生（以下简称唐），19年前，我们相识相知，决定相伴一生。也许是医护人员的职业敏感，我建议唐进行体检，而后发现了扩心病。因为爱，我们坚定不移，婚礼也如期举行。此后这些年,我们幸福地生活、工作,其间进行药物治疗,定期门诊复查。两年前,唐置入"CRT-D"装置,心功能指标逐步改善。我们因生活在这个医学发达的美好时代而庆幸,但生活总有坎坷,偶尔也需要考验,一切都来得那么猝不及防。

2024年新春前两周,人们欢喜地迎接龙年的到来,而我等来的却是一个十万火急的电话:"你赶紧过来,老唐很不舒服,已经拨打了120。"此时,我的护士长柳晶晶老师知晓情况后,二话不说,亲自陪同我赶往庆春急诊,更是亲力亲为,事无巨细地妥善安排。

一走进曾经工作过的急诊室,熟悉中带着些许陌生。"不要紧张,回娘家了。"一句简短的话,顿时让我倍感亲切。经过一系列的检查和心内科会诊,考虑是呼吸道感染诱发所致,对症处理后指标正常,我们要求回家休息。凌晨2点,我从睡梦中惊醒,心中预感不妙,果不其然,数秒后随着一声惊叫,唐整个身体弹跳而起。短短几分钟内,一而再、再而三地惊叫和被动弹起,"CRT-D"装置自动放电数十次。我第一时间叫醒睡梦中的15岁儿子,他立即拨通120,大男孩非常机敏地汇报地址及紧急情况后,紧接着又给我的护士长打电话求救。她毫不犹豫地赶到急诊室接应我们。这期间,唐还在不停地被除颤,我生平第一次歇斯底里地对着电话喊救命。惊慌失措中,我不知道自己还有几分理性,本能地评估着唐的意识、脉搏、呼吸。救护车很快就位,从家到医院估计只有十分钟的路程,而生命与时间的赛跑却显得无比漫长。

"到了！到了！"拉开车门的一刻，接应的团队全员齐动：过床、吸氧、心电监护、开通静脉通路、评估、给药……一切都那么从容不迫、有条不紊。两分钟后，心律复律，我终于松了一口气，此时才发觉自己的双腿早已发软。尽管曾经也是急诊的一分子，但真正面对亲人时，我却是束手无策。同事搬来凳子让我安心休息，"有我们在，你放心！"一句简单而有力的话，让我顿感心安。在急诊室的每一个角落，都充满了他们对生命的敬畏和对患者的关爱。他们用最快的速度、最专业的技能，与死神搏斗。浙一速度，浙一精神，浙一温暖，在这里体现得淋漓尽致。

次日，我们顺利转入心内科病房。由于经历了数次放电的情景，我们对此都有着挥之不去的阴影。但凡唐有任何活动，我们都死盯着心电监护，生怕心律异常再放电。心内护理团队的老师们不仅懂"病"，而且更懂"心"，非常理解笼罩在我们心头的阴霾，时常鼓励、安慰我们，不厌其烦地进行心理疏导。此外，精神卫生科的陶老师也极其用心地提供专业知识。与此同时，医疗团队立即启动多学科会诊，对唐的病情进行综合评估后，共同制定了治疗方案。在强有力的医疗护理团队护航之下，1周后，唐病情稳定，我们便高兴地出院了。

原以为这就是故事的尾声，其实不然。

出院后，唐每天努力做康复锻炼，想用最好的精神面貌在春节陪伴孩子们。然而，很快就验证了"欲速则不达"。出院后第6

天，此时离春节还有 7 天时间，两人精心策划如何布置年夜饭后，美美地进入了梦乡。半夜 23 时，他突然起身，自感胸闷心慌，我发现他大汗淋漓、心跳加快，恶性心律失常可能再次于半夜来袭。这次我镇定地采取了一系列紧急措施后拨打 120，第三次来到急诊。这一次，我们虽然没有了上次的惊魂未定，却因心理防线崩溃而心如死灰。在急诊的这一夜，看着他们忙忙碌碌的身影，我和唐都肃然起敬。这里的夜晚有光，不仅仅是照明的光源，更是一道道寄托着生命的光。迎着这道光，我们坚定地再次入住心内科病房，故事也随之进入了高潮部分。

又来到心内科，随着唐被告知病重后，我们便有了消极的自我暗示，只是彼此心照不宣。古话说"年关难过"，除夕早上 9 点，唐毫无征兆地突发室速，大汗淋漓、全身湿冷、血流动力学极其不稳定。多种药物对症治疗后，心率却一直徘徊在 120 ~ 150 次 /min，居高不下将近 12 小时。医生找我谈话，建议入住重症监护病房。除了无奈，我更害怕转身去面对唐，担心他绝望和拒绝。但此时的他，却让我刮目相看。在经历这一切磨难之后，他笑着牵起我的手说："别怕，浙一这么强大，医生护士又这么好，我们只需要闭着眼睛往前冲。"这一刻，我的泪水夺眶而出，情绪像洪水猛兽般无法遏制。我找个理由跑到无人的走廊尽头，任眼泪在脸颊滚滚落下，转身擦干泪水，再次选择坚强面对。晚上 9 点，心内联合 ICU 会诊意见决定再次调整药物，我们都在等待奇迹的发生。经过漫长的等待，奇迹发生了——监护仪屏幕上突然出现了正常的波形与频率。"哇！复律了，正常了！快去告诉医生护士老师们，好让他们放心。"唐迫不及待地说。此刻，病房里，每个人都洋溢着笑脸，这时我才想起，这一天我滴水未进，才想起今晚是除夕夜。病房早已恢复了平静，而我突然有了"年关难过关关过，前路漫漫亦灿灿"的美好感慨。

新的一年，有了"心"的希望。心脏大外科会诊后建议心脏移植。此前唐一直排斥移植，经过医生专业建议后，他欣然接受，顺利进入移植平台数据库等待。正月初八，是个阳光明媚的好日子，唐坐着轮椅与医护人员一一道别，依然显得那么帅气。

感谢我的同事们，用不同的方式默默地关心着我们：CT 室检查时的紧急救护、走廊里关切的问候……一个个坚定而温暖的拥抱，一句句关心和鼓励的话语，因为有你们，我才能不停战斗到今天。

回忆这一段经历，我不禁潸然泪下。或多或少地，我见证了自己也能抗住风雨。或许在浙一的 19 年，骨子里早已融入了浙一精神，我为自己是这温暖大家庭中的一员而感到无比自豪。"浙一路、浙一人"，是你们让我坚信未来不是梦，我们的"心"跟着希望在动。

此番经历，让我感受到团队是我坚强的后盾，让我不再畏惧困难，选择勇敢前行。同时，作为一名专科护士，我会在团队的支持下竭尽所能地用心帮助每一位患者，在平凡的岗位上，坚守初心，守护每一个生命，守护万家灯火。

　　浙一路，纸短情长，故事未完，待续……

　　　　　　城站普胸外科 / 结直肠外科病房 6-2 ｜黄飞燕

她没有忘记，她只是舍不得

　　除夕的夜晚，城市的街道灯火辉煌，五彩斑斓的烟花在夜空中绽放，绽放出绚丽的光彩，照亮了整个夜空。家家户户张灯结彩，门上贴着喜庆的春联，窗户上贴着精美的窗花，人们沉浸在节日的欢乐氛围中。

　　"护士，我妈患有阿尔茨海默病，你看能不能让老人家再进去看最后一眼？"

　　"好……"这是一个令我无法拒绝的请求。

　　本该是家人闲坐、灯火可亲的除夕夜，却因一场"意外"，让原本热闹的家宴只剩下满地悲恸。

　　每逢佳节，"急诊力量加强"已成常态。即便在除夕，急诊的工作节奏也未曾放慢。繁忙的工作让难得的喘息机会显得格外珍贵。"叮铃铃……"一阵熟悉的电话声响起："来活了，朋友们，120救护车马上送来一位心肺复苏的患者，大家赶紧准备！"主班医生何老师一边说着，一边迅速戴上手套，眼神专注而坚定地布置工作任务："打起精神，今晚怎么也得让人吃完团圆饭吧！"

"收到！"接到指令的我们迅速行动起来。我急忙为患者绿色通道建档，同时准备好各种用物：抢救车、除颤仪、气管插管等设备有序摆放，所有抢救用物准备就绪，确保在关键时刻能迅速取用。同事们也各司其职，有的检查仪器设备是否正常运行，有的准备药品。现场的每一位医护人员都全神贯注，全力以赴投入这场战斗……

"患者无大动脉搏动和自主呼吸，立即进行心肺复苏，准备气管插管，开通静脉通路，肾上腺素静推……"

"收到！"

"肾上腺素 1mg 已静推完毕。"

"高级气道已建立。"

……

"两分钟时间到，再次评估患者。"

"患者无大动脉搏动，继续胸外按压。"

时间一分一秒过去，与死神的博弈已持续近半小时，尽管我们竭尽全力，但心电监护上仍未出现奇迹。医生询问病史得知，这位高龄老人既往身体健朗，今晚难得一家团聚，老人家高兴多喝了两杯，之后醉意上头不慎噎到，导致心跳呼吸骤停，120 救护车来院途中持续心肺复苏数十分钟仍无果。家里所有人都无法接受这突如其来的变故，老伴更是泣不成声。在家属的强烈要求下，抢救持续了近一个半小时，但最终，我们还是输给了死神……

"医生，求求你们，让我们进去送送我爸吧，就看最后一眼。大过年的，让我们这些做儿女的再尽一次孝吧！"

急诊室门口见证了太多的生离死别，当晚家属的恳求格外令人动容，抢救室一直以来实行的"无陪护制度"，在此刻显得有些"无情"。急诊或许残酷，但急诊人是有温度的。面对家属的恳求，主班医生何老师同意让家属送最后一程。在我们尽力将老爷子收拾整洁安详后，留给了这一家人最后相处的时间。作为责任护士的我，是这场告别仪式的唯一"见证者"，也正是这次见证，让我对护理有了更深的职业认同感，并且有了更高的职业追求。

我看着年逾古稀的老奶奶在女儿的搀扶下，一步步靠近病床，颤颤巍巍地抬起老爷子早已冰冷的手，缓缓贴近她泪流满面的脸颊，嘴里念叨着他们的过往。他的儿子在床尾默默跪下，朝着老爷子虔诚地磕了三个响头，每一次低头都在对父亲作出承诺。他的女儿一只手轻掩年幼孩子的双眼，另一只手轻拍孩子的肩膀，仿佛在告诉这个懵懂的孩子，他今后少了一个疼爱他的长辈。而我，作为"旁观者"，在老奶奶握住老爷子双手的那一刻，内心动容，便找了另一位同事暂时接替，悄然"逃离"了现场。等我收拾好心情回来时，同事告知我告别仪式已结束。当我将老爷子的个人物品归还给她女儿时，她恳求我能否让她母亲再见父亲一面。原来，她的母亲患有阿尔茨海默病，因为悲伤过度，病情加重，忘记了之前的告别，此时的她只是一名刚接到丈夫死讯的妻子。

我不忍直视老人家泪流满面的脸颊，也无法拒绝这个请求。

于是，老奶奶再次开始了她"全新"的告白。即便那些告别词我已熟悉，但仍为之动容。看着她一遍又一遍地双手哈气，来回搓着老伴冰冷的手，那一刻，我想她或许不是真的忘了，只是舍不得吧……我默默地走到老奶奶身边，轻扶着她。她或许以为耽误了太久，面色略显局促和紧张，而我只是轻拍着她，默默递上一张纸巾……

作为这场告别仪式的见证者，我为这个家庭里的每一位成员所感动。作为一名护理工作者，我们能做的不仅是让患者及家属感受到专业度，还要让他们感受到人情味。在患者生命的最后一程，如何引导家属说好"再见"……

余杭急诊科 | 陈情

在生命的尽头，让爱绽放

2023 年 11 月的一个清晨，庆春院区 2-11 血液科病房迎来了一场与生命的较量。

年仅 24 岁的小伙子龙龙，血小板数量仅有 3×10^9/L，在外院治疗 6 个疗程后复发，又化疗两次仍未缓解，为求进一步治疗，他慕名来到我科。被救护车紧急送达时，他已全身湿透，苍白浮肿的脸庞上布满了瘀斑。11 楼的医护团队早已严阵以待，主管护士迅速为他更换衣物、监护生命体征、开通静脉通路、用药。医护人员忙碌的身影在病房内穿梭，仿佛在与死神赛跑。

龙龙自幼便失去母亲，与父亲相依为命。然而，命运却对他如此残酷，白血病这个恶魔无情地打破了他原本平静的生活。每当早晨查房时，我都会特意与他聊聊，尽我所能给予他一些温暖和关怀。龙龙的女朋友是个文静贴心的女孩，她经常来陪床，照顾得无微不至。每次看到她为龙龙忙碌的身影，我都不禁感叹龙龙的好福气。

化疗的过程对龙龙而言，无疑是一场残酷的折磨，高热、咯血、鼻出血等并发症接踵而至。尽管我们医护团队竭尽全力进行救治，但疾病的进展却依然迅速，龙龙的身体每况愈下。面对这样的情况，我深感无力，但我始终不愿放弃任何一丝希望。

经过医生的全面评估，龙龙已处于终末期。医生也与他父亲进行了多次深入的谈话。在血液科工作了20余年，我见证了太多的生死离别，每一次面对生命的消逝，心中都涌起一股难以言喻的悲痛。然而，龙龙对自己的病情却知之甚少。爸爸不忍心，也不知该如何告诉他真相，只能安慰他说："会好起来的，要坚强。"

面对这一现实，我考虑更多的是如何减轻患者的痛苦，维护患者的尊严，努力帮助患者平静离世，减轻家属的负担。而这一切的前提，便是将真实的病情告知龙龙，尽管这是一个残酷的事实，但我们必须勇敢面对。于是，我主动与龙龙的女朋友和父亲沟通，并建立了微信联系，及时了解他们的想法。我告诉他们，此刻最重要的是了解龙龙的内心想法，完成他的心愿，让他在这个世界上少些遗憾。同时，医护团队也向他们介绍了安宁疗护的理念，家属们对我的建议表示一致赞同。

此后，我开始花费更多的时间与龙龙聊天。有一天，龙龙输过血小板后精神状态尚佳，我来到床边问候他。龙龙也很乐意与我交谈，他讲述了小时候父亲对他的关爱，姑姑对他的悉心照料，生病后堂姐的奔波忙碌，以及女朋友的不离不弃。我说："有这么多人爱你，你一定也有很多话想对他们说吧？"他说："我想好起来报答他们！"我沉默了，他从我的迟疑中察觉到了自己病情的严重，但他并不清楚这意味着什么。我开始评估他对自己病情的了解程度，询问他想要知道的信息，然后慢慢地，通过一些血化验指标的数据变化，向他一点点透露真实的情况。他有着很强的求生欲望，激动地对我说："护士长，救救我！"那一刻，他用无助而渴望的眼神望着我，我内心五味杂陈，强忍着眼泪，握着他的手，一边为他擦拭眼泪，一边说："龙龙，我们一定会尽力的。"

　　第二天，第三天，我依然每天去和他聊天，安慰他……渐渐地，他开始接受自己无法治愈的现实，也开始交代一些事情。我提议家属帮他整理照片，制作成相册。当他翻看着一张张照片，回忆起过去的美好时光时，那瘦小的脸庞上露出了久违的笑容。他感激父亲无私的爱，感谢女朋友的不离不弃，一一细数着他们曾经的点点滴滴……龙龙还说，他还特别想念可乐的味道，自从生病以来，他就与可乐无缘了。他说："护士长，你知道吗？以前我特别喜欢喝可乐、吃肯德基，无论遇到什么事，来一杯可乐就都不是事了。"我与主管医生沟通后，立即拿来一瓶科室活动定制的可乐，来到龙龙病床旁。龙龙喜出望外，我倒上半杯，说："你不方便喝，我来喂你吧。"龙龙开玩笑说："那我太荣幸了，护士长亲自喂我喝可乐。"他狠狠地吸了两口，咕噜一口吞下去，再深吸一口气，然后长长地舒了一口气，闭上眼睛慢慢回味。"好喝吗？还是原来的味道吧？""太好喝了，真爽啊！"龙龙那满足的表情让日夜辛苦陪床的父亲露出了难得的笑容，也让我们感到无比欣慰。

责任护士曾跟我提起，龙龙上次去做 CT 的那天，天气很好，他想在楼下晒太阳，说自己很久没有见到阳光了。但那天他还在发热，这个愿望未能实现。我一直将这件事记在心里。2 月的杭州常常阴雨绵绵，那一天我走在病房走廊上，无意中看到夕阳照进窗户——夕阳也是阳光啊。于是，我灵机一动，与主管医生沟通后，立即安排护士和护工，准备好转运氧气钢瓶、转运监护仪、移动

输液架，把龙龙推到走廊尽头，让他能感受这久违的温暖阳光。

他闭着眼睛，享受着阳光的沐浴，泪水顺着眼角滑落。我对他说："龙龙，你看，这夕阳多美！"我们还搬来凳子，让老父亲陪着儿子，一起沐浴在阳光下。那一天，他对女朋友说，他感到特别开心和温暖。

然而，生命的流逝总是无情的。龙龙的病情急剧恶化，不久后便出现呼吸急促。他提出想最后见见其他亲人，在我们的积极沟通与联络下，电话那头的亲人们纷纷从外地赶来见他最后一面。那一晚，我辗转难眠，早早来到科室。龙龙的病床前已经围了很多亲人，他已陷入深度昏迷。此前，医护团队组织过家庭会议，家属虽然万般不舍，但还是尊重龙龙的决定，放弃有创抢救。坚强的龙龙在昏迷3小时后，心脏停止了跳动。尽管早有心理准备，但当这一刻真正来临，在场的所有家属和医护人员都难以抑制内心的悲痛，泪水夺眶而出。

但作为医护人员，我们不能一直沉浸在悲伤中，因为还有工作要做。我鼓励护士们擦干眼泪，平复心情，安抚好家属的情绪，一起为逝者擦身更衣。龙龙生前曾交代要穿上西装和女朋友买的球鞋，这些都已提前准备好。随后，我们联系了殡仪馆的工作人员，协助家属办理各种手续。家属们离开时，向我们鞠躬道谢。龙龙的女朋友说："龙龙能遇到你这样的护士长，是他的福气！"那一刻，我泪眼蒙眬。我想，能够用自己的专业知识，为终末期患者提供身心照料和人文关怀，提高他们的生命质量，让逝者与生者能好好地道爱、道谢、道歉、道别，让亲人减少悲痛，减少人生遗憾，这是我的责任和荣幸。希望龙龙在另一个世界里能够与妈妈团聚，无忧无虑地吃着肯德基、喝着可乐，享受幸福的时光。

庆春血液科病房 2-11 丨袁菲

与憨憨大伯的小约定

清晨的第一缕阳光透过窗帘的缝隙，悄悄溜进病房，给这个略显沉闷的空间带来了一抹生机。我踏着轻快的步伐，开始了新一天的工作。走廊上，偶尔传来患者轻微的咳嗽声和家属低语的安慰声，这一切都那么熟悉，又那么亲切。

初遇·晨光中的微笑

他是我职业生涯里一个普通又特殊的病人。

一位60多岁的大伯，皮肤略显黝黑，身材高大，但步伐却显得有些沉重。初见时，他站在护士站前，手里提着一个大大的袋子，脸上挂着憨厚的笑容，仿佛能瞬间融化心中的冰霜。

"护士你好，我来住院。"

他的声音低沉而有力，透露出一种朴实的坚韧。

我一抬头，那张憨厚的脸庞映入眼帘，眼神中闪烁着对未知的好奇与一丝不易察觉的忧虑。我连忙站起身，微笑着迎接他。

"大伯您好，您叫什么名字呀？"

"朱方学（化名），胰腺肿瘤。"

我心里咯噔一下，随即说到："朱大伯，您在7床，我是您的责任护士小徐。"

在引导大伯进入病房的过程中，我注意到他身旁的阿姨，她的眼神中充满了关切与担忧。她眼神示意我并叫了我一声"徐护士"，凭着职业的敏感性，我大概意会到了阿姨的用意。我向阿姨点了点头，表示我明白，继续向他们介绍了住院环境，并宣教了注意事项。

"谢谢你啊，徐护士。"

我离开病房之际，大伯笑呵呵地和我说着感谢的话，便开始认真地整理起了他的物品，平静的脸上看不出一丝的悲伤，我心想大伯是不清楚自己的病情，才这么坦然吧。

秘密·病房里的默契

"徐护士，他不知道自己生这个毛病。家里人没敢告诉他，怕他承受不住。他一向身体健朗，觉得自己没毛病，这次是感觉胃不舒服去检查的，没想到……"大伯的老伴边抹眼泪边和我说。我默默地站在一旁，心中五味杂陈。我知道，作为医护人员，我有责任保护病人的隐私，但我也希望能在不伤害他的前提下，给予他更多的支持与鼓励。

"我明白，阿姨，您放心，我们会做好交接工作，不会在大伯面前提起他的毛病的。您也不要太过担心了，相信现代医学的力量。"

"是啊，相信你们的技术，所以我们特意来浙一。"

从那以后，我和朱大伯之间似乎有了一种心照不宣的默契。每当我走进病房时，他都会笑眯眯地跟我打招呼："徐护士来啦！今天天气真好！"而我也总是回以同样的微笑和问候。在这个小小的空间里，我们共同守护着那个关于健康的"谎言"，让爱与希望得以延续。

一天下午，阳光正好，温暖的光束散落进病房里暖暖的。"朱大伯我们要挂盐水喽。"大伯背对着我侧着身，面朝着窗户没出声，家属也不在旁边，难道睡着了？"朱大伯"，我又叫了一声，大伯这才应了一声缓缓转过头来。此时，大伯一向乐呵呵的脸上满含忧伤，红肿的双眼像是刚哭过。

"大伯，您怎么了，是哪里不舒服吗？"我关切地问道。

"哎，徐护士我的毛病是不是很严重，我是不是快死了，我知道家里人故意瞒着我，其实我早就知道自己的病，我是怕家里人为我担心……"

听到这，我心里一颤，静静地听着大伯的讲述。"大伯，您不要多想，您现在不是好好的吗，我们这边的医生都很厉害"。

"我自己倒没什么，就是想到老婆孩子，要是我不在家了，他们会很辛苦。"说到这，大伯眼神又黯淡了几分。

"大伯，您不要难过，您要相信我们，配合医生治疗，保持好的心情，我相信您很快就能出院啦。"我细声安慰着朱大伯。

"嗯，我听小徐护士的，徐护士你不要告诉我老婆我知道自己的毛病，我怕她担心，你就当我不知道哈。"

"嗯，好的，我不说，跟您保证。"

温情·病房里的日常

完善了检查后，医生为大伯进行胰腺手术，手术很成功，但术后恢复却是一个漫长而艰辛的过程。

朱大伯需要面对疼痛、不适以及各种并发症的挑战。我们鼓励大伯早期活动，协助他床上坐起拍背，协助下床活动。朱大伯虽然很虚弱，活动时也会加剧疼痛，但他从未抱怨过一句，总是积极配合我们的治疗与护理。每次看到他强忍着疼痛努力做康复训练的样子，我都会忍不住心疼，又由衷地敬佩。

"徐护士，麻烦你们了，你们真的很辛苦。"

"我们不辛苦，大伯您也很棒，看到您一天天好起来，我们高兴着呢。"

记得有一次他因为疼痛而眉头紧锁，我开玩笑地说："大伯，您眉头一直皱着的话，脸上的皱纹会变多的哦！"没想到他却笑了出来说："哈哈哈，那我还是多笑笑吧！"那一刻我仿佛看到了春天的阳光照进了病房，温暖而明媚。

大伯的坚强和勇敢也同样鼓励着我，有时忙碌了一天的工作，身心疲惫，但远远看到朱大伯在病房走廊一步步坚定地行走着，那份成就感就油然而生，也就不觉得累了！

一天，给大伯换引流袋，弯着腰连着换了好几个。我一边操作一边说："好了，大伯您的袋子都给您换新的了，您要不要起来活动活动？起来的时候管子要当心……"

"徐护士，你做事又仔细又有耐心，我出院了要给你送面锦旗，表扬表扬你。"

"好的呀，那您可要加油，早点出院呢！"

"好好好！"大伯开心地笑了，我也笑了，心里暖暖的，满是感动。

我们都喜欢看到朱大伯憨憨的脸上露出笑容，连病房的其他病人看到大伯也变得开朗起来，大家还会跟他开玩笑说朱大伯是病房里的"开心果"。但我知道，朱大伯乐呵呵的背后有着对家庭的担当和战胜病魔的决心。

终于，经过数日的努力与坚持，朱大伯迎来了出院的日子。直到大伯出院，我们一直默契地遵守着小约定。大伯出院后的一天，大伯的家人送来了一面锦旗，原来大伯把它作为约定，默默地记着。可爱的朱大伯，我也谢谢您！您对我的肯定早已超过了一面锦旗带来的意义和价值。在这份平凡的护理工作中，我时常被像朱大伯这样可爱的病人感动着。

庆春肝胆胰外科病房 6B-16 丨徐鹭青

敲开一扇门，一群人，
温暖一家"心"！

当那扇沉重却充满希望的门轻轻合上时，瞬间，一颗微弱却坚韧的心被温柔地托付给了监护室，一个见证了无数生命奇迹的地方。

生死较量，守护之光

"感谢拯救我爸爸的生命！"这是一位七旬老人出院时，其女儿对之江院区综合监护室医护人员深情地致谢的话。寥寥数语，却留下了深刻而持久的印记，最简单的话承载着医护人员救治患者的艰辛与家属的感谢。

2023 年的深秋，夜幕低垂，万籁俱寂。患有严重冠状动脉三支病变的张大伯，刚刚经历了冠脉搭桥手术的生死考验，被紧急推进了重症监护室。气管插管接呼吸机辅助通气，大剂量血管活性药物维持呼吸与循环。由于身患多种疾病，张大伯的术后恢复并不平稳。责任护士密切关注着张大伯的心率、血压，引流量和尿量等体征，不放过任何一丝细微的变化。术后一小时，引流管渐渐出现血性液体约200mL。护士敏锐地察觉到可能有活动性出血的风险，立刻汇报了医生。紧急查凝血功能、血常规，备血，用止血药。监护仪上的数字跳跃不息，每一声嘀嗒都敲打着在场所有人的心弦，大伯病情变化迅速，引流管出血量一下子累计达1000mL。血压持续下降，医护团队迅速展开抢救：输血、补液、升压、纠酸、强心，同时快速做好二次手术准备。

突然，张大伯发生心跳呼吸骤停，医护团队并肩作战，一边紧急心肺复苏，一边快速护送患者至手术室，行急诊开胸探查术。在手术室，医护人员还为患者进行了ECMO（体外膜肺氧合）治疗。终于，在专业团队的努力下，出血止住了，大伯的心跳也恢复了。

时间就是生命，每一次精准的预判，每一次迅速的反应，为患者争取了更多的抢救时间。

昼夜不息，仁心仁术

ICU的日夜，是漫长而艰辛的。但在这里，爱与希望如同不灭的灯火，照亮着每一个黑暗的角落。

经历两次手术的张大伯，术后极度虚弱，后期又感染了艰难梭菌，让危重的病情雪上加霜。护理团队迅速行动起来，为张大伯量身定制了全方位的隔离与护理方案，安排了单间负压病房，单人一对一护理。每天，护士们都使用氯己定湿巾为张大伯擦身，使用消毒湿巾擦拭床单位和周围环境，注重每一个细节，从而有效控制了感染。

由于艰难梭菌引起的肠道功能严重紊乱，张大伯一天排便十余次，这给护理工作带来了新的护理挑战。责任护士将肛管和负压减压器巧妙结合，引流稀便，并及时为张大伯进行肛周清洁，预防性地使用造口粉和液体敷料保护肛周皮肤。在护理团队的精心照顾下，大伯没有发生失禁性皮炎。

当女儿探视时，她动情地说："谢谢你们，你们做得真好，我爸每天这么拉肚子，屁股都没有烂。你们一定付出了很多，辛苦了，谢谢！"

心灵慰藉，温情相伴

安慰，是一种人性的传递，也是一种情感的共鸣。

张大伯仅有一个女儿，老伴也已经 70 多岁。此次患病入院，最依赖他的老伴和女儿已心慌意乱。在谈话室里，我们一次次耐心地沟通与交流，不仅传递了病情的信息与治疗方案的选择，更让家属感受到了来自医护人员的关心与安慰。

　　刚入监护室时，在谈话室里，大妈一把抓住我的胳膊，哭着喊着："救救他，救救他！"

　　"大妈，我们会尽最大努力照护好大伯。我们的团队非常专业，也很有经验，每天下午都有固定探视时间，如果有任何特殊情况，我们会第一时间联系你们。"我努力地安抚家属，给她们讲述了在 ICU 住院的情况及探视时间等。母女俩也你一言我一语地讲了起来："他耳朵听不清，你们声音说大声点。""我爸有糖尿病，在家都吃这个药，你看看用不用？""他解大便，你们会给他擦吗？"……对于她们的疑问和要求，我都耐心地一一回答，并给予了承诺。

　　在这里，不仅仅是一扇门的开启与关闭，更是爱与责任的传递，是生与死较量的起点。

　　在这里，每一滴汗水都闪耀着人性的光辉，每一分努力都书写着生命的奇迹。

之江综合监护室 5-3 ｜ 韩亚伟

但闻滴答甘饴心

时间不语，却在我的指尖翻起过往云烟；岁月无言，却依旧在我的脚尖步履匆匆。我拨动着时针，随着监护仪、输液泵，连带着他的呼吸，一起滴答，滴答……

秋风起，白露垂

我第一次看到他时，窗外的银杏轻旋，铺满了一地的金黄，正如他眼眸的金黄，黄得那样深邃，那样沧桑与无力。而这抹沧桑与无力的黄，不知何时已侵蚀全身，以至于他的脸庞已然看不到些许红润，飘忽不定的眼神也已然支撑不起哪怕那一丝苦闷的微笑，只得由那虫豸般的出血点星星散散地爬满全身。圆鼓鼓的肚子，摇摇晃晃，仿佛装着半桶水，与那瘦小的身子格格不入，异常突兀。

当听到手臂上要放一根针时，他显然是害怕的。焦虑、不安、恐惧，一瞬间便占据了他的脸庞。恍惚间，眼眶旁也星光点点。但又似乎是那么一瞬间，有一股冲动、毅然、决绝，促使他颤颤巍巍地举起了他的手臂，抬头，闭眼，只留一副憔悴的脸庞在秋风中傲然。

她说："动脉针，可能有点疼。"

他说："我不怕疼，但还是希望轻点。"

她说："你很坚强，她很佩服。"

他说："我真想哭，但都是命。"

她说："别担心，我们都在。"

他说："我知道。"

随即一阵沉默，只留输液点滴滴答，注射微泵滴答，心电监护滴答，滴答滴答个不停，似剪不断，理还乱地诉说。

她，依旧宽心地安慰，手上的动作不曾停歇。锋利尖锐的动脉针准确无误地刺破血管壁，柔韧的软管在血管内游走，冰冷的钢针旋即快速离场。只见监护板面心率的上下波动，偶尔一瞬的拔高忽降，又迅速恢复井然有序的跳动。

他缓慢睁眼，看着手臂上那崭新的动脉留置针。不知道是因为那眼角泪花不断放大导致的丁达尔效应，还是因为心中那轮冉冉升起的红日，一切似乎变得不太一样了。嘴角略微上扬，艰难地露出一个久违的微笑，虽然苦涩，但那却真真实实是个微笑。

窗外的秋风萧瑟地清扫着落叶，屋内的监护滴答地诉说着他的故事，直到夜幕降临，白露垂珠。

三更雨，点滴霖

再次与他相见的时候，他身上插满了管子，双眼紧闭，心跳的节奏似乎也跟着呼吸的频率，波动不定。身上大大小小的瘀斑，无声地讲述着病情的危重。就连监护仪的滴答也不似先前一般温文尔雅，是时不时传来尖锐的报警声，揪动人心。窗外，是寂静的夜；夜幕下，是灵动的雨，滴答滴答，敲打着窗户，也呼唤着他，只是他，不理不睬，一动不动。

而她，侧身而坐，凝目而视，默默地观察着他的一切，无声地倾听着他的诉说。他哀伤，泪光闪烁；她轻拭，温柔安慰。他战栗，恐慌不宁；她镇静，从容安抚。他咳痰，连绵不绝；她吸痰，不曾停歇。

一阵叮铃铃的电话声划破寂静的夜，匆匆忙忙的脚步便接踵而至。她与她们便围在他的身旁，翻身，擦身，更衣，梳理，井然有序。他细细聆听着这一切，纵然面无表情，疲惫不堪，但他知道，这是随风潜入夜的甘霖，是润物细无声的细雨，是生命女神在向他招手。这一刻，终于来了！于是乎，恍惚间，一扇扇映照着希望曙光的大门缓缓打开，他身披锈迹斑斑的战甲，乘着带给他希望与勇气的祥云，一步一步地向着那扇大门走去。

窗外的夜色更深了，揉碎着纷繁世事的浮躁，随着滴滴答答的雨声，沉淀着彩虹般斑斓的梦。

晨曦凝，甘露饴

次日清晨，他返回了那个充满滴答滴答声音的地方，只是这一次，他不一样了。经历过了漫漫长夜，他终于迎来了清晨的第一缕曙光。睁开双眼的那一刻，他看到了她，看到了忙碌的她们，他多想脱口而出"谢谢"二字，可惜口插管让他无法发声。此时，她望向了他，殷切的关怀，亲切的问候，如泉水婉转，涓涓细流，一下子淌入了他的心田。也许是大难不死的欣喜，也许是劫后余生的庆幸，又或许是动人心弦的感慨，他的眼角竟不由自主地湿润了。

他望向了窗外，稀疏枝杈上的银杏叶，饱含着晨露的含情脉脉，不断闪耀着它那若隐若现的金黄色光芒。清晨的微风徐徐而过，吹拂着他那逐渐恢复红润的脸庞。经过一次又一次尝试性的呼吸锻炼，他终于摆脱口插管的束缚，终于说出了那句在心底酝酿许久的话："谢谢你们，你们辛苦了！"只一瞬，她，她们，莞尔一笑，仿佛所有的疲惫在这一次得到了释放，所有的努力在这一次又多了一份成果。一种前所未有的开心与无与伦比的释然，然而伴随着监护声滴答滴答，她们又仿佛听到了向着病魔抗争的冲锋号角，步履匆匆。

其实，他又何尝不是在抗争呢？虽然跨过了生命的桥梁，但前路又何尝不是荆棘丛生，莽莽榛榛呢？闭目，他聆听着监护滴答滴答，伴随着他的心跳，起起伏伏；侧身，他感受着输液滴答滴答，伴随着他的腹水，款款而下；抬头，他紧盯着时针滴答滴答，仿若他的伤口，隐隐作痛。忽然，他想起了她的话："别担心，我们都在。"于是，床头铃时不时地作响，伴随着她与她们的步履匆匆，一股甘甜又一次涌入他的心田。

时针滴答滴答地走，日历一页一页地翻。又是一个晨曦凝露的清早，他，终于康复，要离开这个充满了滴答滴答回忆的地方。临行前，他英姿飒爽，书信一封，念音簌簌、灵籁轻吟，锦绣肝胆，满满回忆，移植新生，一世恩情。医者仁心，德者善行，甘之如饴，归于欢喜……

时间从来不语，却回答了所有问题；岁月从来不言，却见证了所有真心。我们的步履匆匆，只闻监护滴答，心甘如饴。

庆春肝移植监护室 6B-13 ｜ 李益炳

三块饼干

　　科室里来了一位王阿姨，她是来陪女儿做甲状腺手术的。刚见到王阿姨时，总感觉她有点像我妈妈：都是戴着一副眼镜，扎着一个马尾，50多岁的样子，但是鬓边有了不少白发，衣着陈旧但干净，个子不高，走路却快，嗓门很大，做事总是风风火火的。入院那天起，经常能听见王阿姨在病房里旁若无人地"高谈阔论"。每次我都会和阿姨再次宣教病房环境需要保持安静，王阿姨也只是不好意思地笑一笑，强迫自己降低音量，但通常只能持续十多分钟。

　　也许是女儿年纪还小，也可能是阿姨比较焦虑，她总会缠着我问很多问题，不管是我已经回答过的还是复述过的，她都会反复地问我。我很理解作为母亲的担忧，所以往往我在这个病床前停留的时间是最长的，慢慢地也就和王阿姨熟悉了些。

　　一个平常的工作日，交接班后，我们马不停蹄地开始实施治疗。我和往常一样，给病房里的患者输液、宣教。医生安排第二天为王阿姨的女儿做手术，我给她输上液之后，开始对母女俩进行术前宣教。王阿姨絮絮叨叨地重复着我的宣教重点。我看出她的担忧，柔声说："阿姨，您别担心！在这里，有最好的医护团队给您女儿做手术。您还有什么疑问，可以随时问我。"接着，我便开始为隔壁床的老奶奶准备输液。老奶奶需要重置留置针，但是静脉条件差，我蹲在床边找了好久，终于成功穿刺。站起后，我的脚因为长时间蹲着而发麻，扶着治疗车站一会儿。突然，发现治疗车上放了三块饼干！我脱口而出："呀！谁放的饼干？治疗车上是脏的，饼干怎么可以直接放这里，被污染了就不能吃啦……"抬头瞬间对上了王阿姨的眼神，她略带尴尬地说："小姑娘，这是我女儿喜欢吃的饼干，你辛苦了，也吃一点。但是，

我不知道这个车是脏的……那这几块不要了，我这里还有！"我看着治疗车上赤裸裸的三块饼干，既感动又心疼："阿姨，谢谢您！饼干一定很好吃！我在忙，先不吃啦！"整理治疗车的时候，我拿了纸巾小心翼翼地包好饼干，舍不得丢。三块小小的饼干，饱含的是患者家属对我们大大的认可和关怀。

第二天，又是一个忙碌的下午，手术患者接二连三地回来，我和同事们穿梭在病房中，恨不得脚上长风火轮。当我正在填写交接单的时候，有人拍了拍我的肩。我回头一看，发现是王阿姨。我以为她又要询问女儿的病情，还没等她开口，我就先打断了她："阿姨您先等等我，我这里马上忙完，晚点再和您详细讲下可以不？"没想到她摆了摆手："不是，不是，我看你今天下午一直在忙，都没停下来过，这几块饼干拿着吃。今天我用纸巾包好的，不脏！"阿姨一边说，一边不容分说地往我手里塞。几块饼干，被细心地用纸巾包好，我赶忙起身，不好推辞，只能一再致谢。"哎，你们这一行真的挺辛苦的，要是你妈妈看见，肯定很心疼。"我眼眶一热，心头暖暖的，这是一位患者家属最直观的视角，也是一位母亲最质朴的关心。

第二天上午，我和我的同事们正在忙着上治疗。突然，病房里传来王阿姨声嘶力竭的哭喊声。我赶忙跑去，发现患者无恙后，心里有些生气，略带严肃地对阿姨说道："阿姨，怎么了，不是说好了咱们要小声一点吗？"阿姨满脸泪水，冲我哭喊道："我爸爸没了，他来杭州的路上出车祸，没有了！"说完，她转身走进了洗手间，砰地关上门，紧接着传来她号啕大哭的声音。

我愣住了，心里五味杂陈：有对刚才自己的态度而愧疚，有对阿姨经历的同情，也有帮不上忙的无奈，还有对于人生变幻无常的感叹。从她女儿那里得知，本来明天就出院了，她的外公特意从老家来杭州看她，没有想到，就在路上出了意外……

我不敢想象，阿姨先后经历了女儿生病手术和父亲离世的巨大打击，她心情该有多悲伤。

十几分钟后，阿姨从卫生间里出来了，眼睛通红。我真的很想安慰她，但再多的话语都卡在喉咙里，什么也说不出来。我只好轻轻地拍拍她的肩，阿姨对我说了声"谢谢"，然后离开了。

下班后，已是华灯初上。我看到王阿姨一个人站在走廊的尽头，安静又悲伤的背影让她原本矮小的身躯显得更加佝偻了。我转身，从柜子里找出一袋饼干，走到阿姨身边递给她："阿姨，节哀！您也吃点饼干吧，保重身体！"

她抬起满是泪痕的脸，接过饼干，一边说着"谢谢"，一边又泪流满面。此刻，这一包饼干，传递的不仅仅是我对她的问候和关怀，也见证了我和王阿姨之间心照不宣的医患情谊。

漫漫护理路，这三块饼干带来的感动和暖意，将陪伴我熬过那些长夜和辛苦，战胜病魔和死神，成为我勇往直前的精神食粮。

余杭甲状腺／乳腺外科病房 2-8 西｜陈婷婷

你笑起来真好看

秋天——时间的礼物

秋风轻拂，落叶纷飞，浙大一院乳腺外科的患教活动现场洋溢着温馨与期待。

远处，一位戴着太阳镜的女士踏着轻快的步伐走来。一头干练的短发随风轻轻摇曳，精致的珍珠耳饰在阳光下微微闪烁。她身着黑色镂空 V 领针织上衣，搭配红色百褶长裙，既简约又不失优雅。暖色调的几何图案丝巾更是为她平添了几分温婉与自信。

"护士长，你好呀！"她微笑着摘下墨镜，眼神中满是亲切与感激。

还没等我缓过神，她已快步上前，张开双臂给了我一个大大的拥抱！那一刻，我仿佛被一股暖流包围，我定睛一看，原来是久违的丁阿姨。

冬天——孤独的站台

那个寒风凛冽的冬日，医院病房走廊的入口处，"为什么不能陪护？我要投诉……"一位女士的声音显得格外刺耳，她正焦急地与工作人员争执，眼中满是不解与愤怒。

"这有隐患！我得迅速了解详情并'扑灭萌芽中的小火苗'！"——护士长的警觉提醒了我。

我循声而至，只见丁阿姨微卷的短发显得有些凌乱。口罩下的面容虽被遮挡，但那紧锁的眉头和深深的黑眼圈却透露出她的疲惫与无助。

原来，当日入院的丁阿姨的家属因为行程中带"*"号，被做流行性病学调查的同事拦在了病区门口。我轻步上前，用平和而坚定的语气向她解释情况，并提出几个解决方案。

"我不想听你说的方案！我要见主任！今天见不到她，我要投诉！"医生办公室又传来一阵喧闹。

"丁阿姨，您先消消气，傅主任今天在手术台上，暂时不方便。我会帮您给她留言，待她方便的时候会回复的，可以吗？"起初，她似乎并不接受，但随着我的耐心劝导，她紧锁的眉头逐渐舒展，眼中的怒火也渐渐平息。

见她默许，我随即说："我带您到我们病区单独的一个谈话间，然后让傅主任组里其他高年资的医生再单独跟您聊聊，可以吗？"我边说边轻轻挽了一下她的胳膊，见她没有推却，我便帮她拎着行李请她入谈话室就座……

刚入院的丁阿姨确实有点像"刺猬"。不是嫌隔壁床病友睡觉打呼噜要求换房间，就是嫌家属送来的饭菜不可口。她总是那么易怒、敏感、不信任别人，也不配合……

我知道，她的内心正在经历很煎熬、很挣扎、很脆弱的时刻。我也相信这些表现并不是她真实的模样，她应该也有很柔软很可爱的一面。

为能进一步帮助丁阿姨，我跟傅主任做了汇报，邀请具有国家二级心理咨询师资质的王医生给丁阿姨上了一堂特别的"静心"课。

"护士长，谢谢你的帮助。王医生上的这堂课我是认真做了笔记的。这两天给您添麻烦了！"听着丁阿姨一番真诚的感谢之言，瞬间，我内心深处的护士职业满足感迅速升华。

春天——新生的希望

春回大地，万物复苏。经过新辅助化疗，丁阿姨再次踏入医院，准备接受乳腺癌根治术。每隔 21 天就要来医院化疗，几次之后，丁阿姨卸下"刺猬"的外壳，跟我们护士处得如朋友一样。

"丁阿姨，您头型挺好的，光头的样子也不错！"在术前准备室里，我俏皮地与她打趣，试图缓解她的紧张情绪。

"是呢，以后我就光头出街，做一个时尚的光头老太太！"她的嘴角上扬，笑着说道。

"好啊！丁阿姨，加油！"我伸出右手，她也迅速伸出右手，掌心相贴，用力一握。虽然手心微凉，但却有力量。

术后的丁阿姨恢复得不错。出院时我送了一本绘本《一片叶子落下来》给她。

夏天——内心的丰盈

夏日炎炎，一封封感谢信如同清风拂面，给我带来无尽的感动与欣慰。

6月6日，这天似乎与这数字一样顺心顺意。我的办公桌上放着一封感谢信，原来是丁阿姨写来的。她在信中表达了对我的感激之情，并分享了她在康复过程中的心路历程。她的文字充满了力量与希望，让我看到了一个更加坚强、更加乐观的她。

10月10日，丁阿姨又送来一封感谢信，这一次我亲手接过她这份厚重的心意。

"护士长，谢谢你送给我的绘本。生命存在的意义不只是感受世间的美好，还可以是创造利于他人的价值。说给孩子们听的道理更是说给我们这些曾经患病之人听的。我想加入伊俪志愿者队伍，我希望用我的经历去帮助后来的人，让她们少走弯路……"丁阿姨眉飞色舞地说着。

这一刻，她已不再是那个敏感易怒的"刺猬"，已然是一位内心丰盈、充满爱意的志愿者了。

"也许你在山脚下，会情不自禁地哼出这首歌。向云端，山那边，海里面，真实的你在于怎么选择……"在伊俪公益组织的大草坪上，丁阿姨与十几位乳腺癌康复者手拉手，轻轻摇晃着身体，共同唱响了《向云端》。那婉转飘荡的歌声，是对过去的告别，更是对未来的期许。她用自己的经历告诉我们：无论遭遇多大的困难与挑战，只要保持一颗积极向上的心，就能找到属于自己的光芒。而那份在逆境中绽放的笑容，将成为我们心中永恒的温暖与力量。

阳光透过树叶的缝隙，洒在大草坪上，为这温馨的场景镀上了一层金色的光辉。丁阿姨站在人群中央，她的笑容比夏日的阳光还要灿烂，那是一种历经风雨后的淡然与从容。她的眼神中，既有对过往挑战的释然，也有对未来生活的无限憧憬。

这一刻，我想说："丁阿姨，你笑起来真的很好看！"

附：伊俪公益组织是在浙大一院支持下，由乳腺疾病康复患者自发组织的社团。通过爱心访视、爱心分享、青丝飞扬、巧手社团、伊俪悦读、伊俪俏佳人等活动，该组织积极传递正能量。她们以自强不屈、逆光同行的精神，在自身抗癌的同时，还将这份爱意传递，为乳腺癌病友们带去了抗击病魔、追求美好生活的勇气与力量。

之江甲状腺／乳腺外科病房 3-3 ｜钟艳

这一路、浙一路、浙"移"路——感谢"你们"

大家好，我叫穆帆，是浙大一院庆春院区一名平凡的工作者，却有着一段不平凡的故事，和浙一的"你们"密不可分。

这一路

2019 年，是我短短人生中最为黯淡的一段时光。宝宝在全家人的期待中如约而至，我当了爸爸。温馨且幸福的日子眼看就要开启，然而却逃不过命运的捉弄。出生没几天，宝宝就被医生告知为"先天性胆道闭锁"，这是一种只能通过肝移植手术才能救命的疾病。"移植"，多么轻飘飘的两字，却是多么沉甸甸的重量。那一瞬间，庞大的治疗金额、摇摇欲坠的精神压力、求医无望的崩溃，席卷而来。这一路本因新生命降临而感到幸福的我，是多么的无能为力，这一路也化成了我不可承受的"生命之重"。

浙一路

一路的迷茫、一路的无助、一路的跌跌撞撞，万念俱灰的时候，我听闻浙大一院的"小黄人"公益计划，这个公益项目就是免费救助"先天性胆道闭锁"的患儿。这个消息如曙光乍现，拂去了往日的阴霾，为我的家庭带来了新的希望。我想上天终是听见了我的祷告，抱着试一试的心态，我们带着宝宝踏上了"浙一路"。

浙"移"路

开车辗转两个昼夜，我和妈妈带着宝宝来到了浙大一院。一路的奔波劳碌，在浙大一院的医护人员迅速接待中，指引我办理住院手续时，已然消失不见，一种无言的感动涌上心头。

住院期间，妈妈和宝宝开始有条不紊地进行一系列的检查：抽血、B超、肝脏 CTA 等等。而宝宝抽血是第一关，当护士拿着治疗盘走来，妈妈轻轻一瞥，看见了盘中五颜六色的试管，顿时潸然泪下。哪怕我们已辗转多家医院，经历过多次相同的画面，这一刻仍控制不住自己，"又要抽那么多血啊"……

　　护士看见了泪流满面的妈妈，上前一步紧紧握住了她的双手，"孩子妈，没事，不要紧张，我们会轻轻地，宝宝很勇敢，他都没有哭，你怎么先哭起来了，要坚强点啊"，轻柔的话语低声抚慰。可能母子连心，宝宝也感受到了妈妈的伤心，朝妈妈咧嘴一笑，小小的人儿，如此令人心疼，怎舍得放弃呢！

　　有的时候，命运总是爱开玩笑，刚给了我希望，又将希望破碎。宝宝妈妈的检查结果出来了，很遗憾，因为脂肪肝被告知妈妈不能作为供肝者，否则会对大人造成很大伤害和不良后果。一句"不能用"，眼前的世界又呈现出了一片灰色。

　　随后，主治医生找我谈话，一句话再次点燃了我的希望，"爸爸，你可不可以上？"那一瞬间的我没有丝毫犹豫，脱口而出两个字，"我，上！"

　　我也不知道自己有没有脂肪肝，只想通过自己的锻炼方式让这种可能性变得更小，让配型率的概率更高，尽一个父亲力所能及之事救救我的宝宝。接下来的三天，我天天在锻炼控制饮食，终于不负有心人，顺利减重7斤。随后在护士和医生的陪同下，我完成了一项项的配型检查。

　　其间，主治医生会问："宝宝爸爸，怕不怕？"

　　"怕，我唯一怕的是自己配型不成功，别的我都不怕……"

　　医生和护士都为我鼓掌，鼓励说："宝宝爸爸，你一定可以的，加油！"那一刻的悸动、温暖触及心灵，让作为一个男人，一个爸爸的我泪流满面。眼神坚定，步履坚定，他们的责任感、使命感让我充满了信心。终于在焦急的等待中，一项项的结果陆续出来，我被告知配型结果很成功。我终于松了一口气，开心地瘫坐在地上。

但因为最后一战还没有打响，我并不能放松。那么大的手术，多少还是会有点紧张，白天我不敢让妻子和孩子发现我还是会有点焦虑，只有在夜深人静的时候，我会翻来覆去睡不着，偶尔会正襟危坐。因此每次巡房时，护士看到，就会与我分享往日的成功案例以及她们照护过程中遇到的一些趣事，让我渐渐地放松下来。

终于等到做移植的这天，这一场战争，我们都有一个目的：成功。在医护人员共同努力下，宝宝和我顺利地完成了亲体肝移植手术。术后宝宝的生命力也很坚强，在医生护士无微不至地照顾下，居然三天转到普通病房。悬着的心终于可以松一松，看到医生和护士给我发来恭喜的那一刻，我的心里无比激动。在此，我由衷地说一声："美丽的天使们，你们辛苦了，谢谢你们"。

我们无疑是幸运的，半个月不到，我和宝宝便能顺利出院了。家人都说我的眼中从"无光"慢慢地"有光"了，也看到了希望。

后来有人问我"你有没有想过放弃？"

我说："首先，我是一个男人，其次我是一个爸爸，这种责任是我无法去放弃他的！这个世界很美好，我不想宝宝还没有好好地去感受这个世界就离开！还有就是当看到医护人员，那么多人都在为宝宝努力，我有什么理由去放弃，我有什么借口去放弃，我不想让自己后悔。"

　　浙一人的使命感和责任感，给了我"N"次方的关怀和爱，是你们给这个素未谋面的我最好的礼物，也让我下定决心留在杭州，留在浙一，用自己的行动回报"你们"。

　　作为一名退伍军人，我始终牢记着部队给予我的谆谆教诲，要以正直、感恩的心、坚定的精神奉献自我。在心的召唤下，如今，我成为浙大一院的一名特保队员，每天排查安全隐患，帮助医护人员做一些力所能及的小事，用最踏实的行动来保护好你们的人身安全和浙大一院的公共财产安全。

这一路，我的眼睛有光了

浙一路，感谢化作我眼中的每一束光和每一份爱的你们

浙"移"路，我将退伍不褪色，争做新浙一人

感恩你们，不是你们拥有了我

而是我拥有了你们，拥有了一个大"家"

儿童肝移植患者家属｜穆帆

庆春肝移植中心 6A-13 ｜徐汝

初心：在平凡中绽放光芒

风从水上走过，留下粼粼波纹。当第一缕阳光穿透薄雾，轻轻拂过医院的每一个角落，我，作为一名骨科病区的护士，开始了新一天的征程。这不仅仅是一份职业，更是一场关于爱、责任与成长的深刻体验。

推开3号楼2楼的病室大门，过道里，穿着蓝白相间病号服的患者们，有的戴着颈围在家属陪伴下蹒跚着向前迈着步子；有的热情地跟你打招呼，笑起来的时候，眼周布满岁月的痕迹，眼睛眯成了一条缝，鬓角微霜；有的则与亲人轻声交谈，脸上洋溢着对生活的渴望与期待。这样的场景，日复一日，年复一年，却总能触动我内心最柔软的部分。

时间会告诉我选择这份职业的答案。付出耐心与爱心，等待答案被娓娓道来，而这些可爱的人就是我得到的答案。

比如不爱翻身的毛阿姨。"她们走了吧，那我翻回来啦！"和同事相视一笑，走到毛阿姨面前，看到我们像个小孩子一样，把头埋进被子里。每次量体温时，总会有大伯关心我们有没有吃过饭，还会把小零食往我们兜里塞；还有几天不上班，再回到责任组时，总是惦记我们的陈阿姨，"好几天没看到你啦，都不太习惯你不跟我唠叨了"……这些关心与爱的表达都是工作生活中，星星点点的光亮，足够照亮我们前进的护理之路。看着他们一张张可爱的脸颊，一天天在医生与我们的努力中康复，直至出院，也让我感到人生值得，辛苦值得！

还记得元宵节那天，我是前夜班。查房时，病房里也是扑面而来的温馨场景。王大伯的病床小桌板上放着元宵，连着心电监护戴着氧气管，举着手机乐开了花。病床旁，小儿子往碗里盛着汤，手机屏幕里是可爱的小孙子。也许身体上的病痛在这一刹那都少了几分。

"小姑娘，元宵节还值班呀！汤圆有没有吃过？"王大伯关切地问。

"大伯，我一会儿下班再去吃一点！"我回答道。

"好啊好啊，吃元宵团团圆圆。"他笑着说。

这么其乐融融的画面，让我对爸爸妈妈的想念也涌上心头，不过更多的是希望我的病人们今夜都安安稳稳，睡个好觉。

十点多，结束又一次查房回到护士台，刚准备书写护理文书，却被王大伯小儿子的一声问候拉了回来。

"我爸说等你们下班都很晚啦，已经买不到元宵了，这边吃热的！”他边说边把一份热气腾腾的汤圆放在护士台上。

眼眶有点湿润了，我想到大伯那张和蔼可亲、总是笑嘻嘻的脸。

夜班结束，迫不及待地打开包装，一口咬下去，唇齿之间是香香的黑芝麻味道。这是长这么大吃过的最美味的汤圆。

其实，我们之间不仅仅是护患关系，更像是一个亲切的长辈，一个好朋友。在相互陪伴中，我们不仅仅是彼此生命的过客，更是最坚实的依靠者与治愈者。

王阿姨是一个很有自己主见的老太太。因为桡骨远端骨折，她被收治入院。刚来病房时，我想为她换上病号服，但她闭着眼睛，不愿意说话。

“我来帮你把病号服换上吧，阿姨，这样也许会舒服一点的。”我说。

沉默了好一会，她才开口：“不用了，你把衣服放在床上吧，等会儿老头子会帮我换的。”王阿姨摆了摆手。

过了一会儿，我拿着肩颈腕托带和冰袋又来到她床前。“阿姨，我看您衣服还放在这边，是不是很痛呀，怕换衣服碰到会更痛是不是？”我问。

“我的手很痛，一动起来就更痛了。”她回答。

“阿姨，我们先用冰袋冰敷一会儿，会好一些的。”我帮她慢慢换好病号服，功能位固定好肩颈带，放置好冰袋。

“阿姨，您现在感觉好些了吗？”我问。她虽未言语，但那双眼睛中的抗拒已悄然褪去，取而代之的是一丝柔和。阿姨之后顺利完成了手术，每天为她输液治疗时，我的心中偶尔会掠过一丝忐忑，脑海中不时浮现出初见时那双充满抗拒的眼神。然而，阿姨虽未多言，却以行动默默配合着我的每一项操作，这份信任与默契令人动容。

有一天，输液间隙，我转向一旁陪伴的大伯，轻声提醒："阿姨现在体温有点高，大伯您要督促她多喝水，我稍后拿些干净的衣服来，给阿姨擦擦身，这样会更舒服些。"

大伯似乎还没来得及回应，却意外地听到了阿姨的声音。她带着一抹会心的微笑说："老头子耳朵不太好，大声一点他才听得到。谢谢你啊，你真是个好心人！"这句话，如同久旱逢甘霖，轻轻滴落在心湖，激起了层层温暖的涟漪。

他们，不仅仅是普通的病人，更是我心中的阿姨和大伯。在在这段特殊时期里，他们与我们朝夕相处，共渡难关，就像家人一样。在住院期间，或许并非所有的亲人都能及时相伴左右，但我们，作为医护人员，不分白天昼夜地守候在他们身边，用共情之心去感受他们的每一分疼痛和不适，也在他们点滴进步的恢复中分享着喜悦。这些日常点滴，如同微光汇聚，终将绽放出耀眼的光芒，成为他们康复之路上最坚实的力量源泉！

作为护理队伍中的新成员，初涉这片充满挑战与温情的领域，每一步都显得那么不易。前方的路需要我用汗水去铺就，每一天都是对操作技能的磨砺，对专业知识的渴求，以及对心态的温柔雕琢。诚然，有过迷茫，有过动摇，甚至闪过放弃的念头，但正是那些病人们，用他们最质朴的笑容和话语，化作了一缕缕温暖的阳光，穿透了我心中的阴霾。他们的鼓励，是对我的工作最真挚的认可与赞美，如同夜空中最亮的星，引领着我继续前行。

城站骨科病房 8-2 ｜程佳怡

生命如微光，渺小却绚烂

放疗科的护士们，每天都会与形形色色的肿瘤患者打交道。近年来，随着肿瘤发病的年轻化，我们收治的年轻患者日益增多。其中，有一位年轻女孩让我印象尤为深刻，即便时隔几年，科室里仍保存着她的几张照片和她写的感谢信。

女孩名叫兰兰，初识她时，她才25岁，正是青春肆意、张扬奔放的年纪，满怀热情地经营着自己创立的食品品牌。然而，一纸诊断书却打乱了她的人生步伐——直肠癌晚期伴多发转移！从那时起，兰兰脸上的笑容便渐渐消失了，话也变得越来越少，那双原本明亮的大眼睛失去了往日的神采。可想而知，她的内心承受了多少痛苦与挣扎。

兰兰来住院是为了进行化疗和姑息放疗，大家得知她的情况后，都暗自为她心疼和惋惜。放化疗会带来一些副反应，兰兰在多次化疗后，开始出现恶心呕吐、食欲差、乏力等症状，这使得她更加沉默寡言，常常一个人静静地望着窗外。看着她如此虚弱又闷闷不乐，大家都很担心她，却又不想表现得太刻意。于是，趁着给她做治疗的时候，我们夸赞她、哄哄她，跟她聊喜欢的偶像、好看的电视剧、美味的食物，希望能帮她转移注意力、减轻痛苦，鼓励她进食。渐渐地，兰兰似乎真的开朗了一些，在精神状态好的时候，她也会主动来到护士台与我们聊上几句。

有一天，兰兰看到护士们经常忙碌地工作，连饭都顾不上吃。她便默默地为大家亲手做了一些精致的小点心，送给护士们品尝，她说："这是我自己做的小点心，希望你们喜欢。"她的举动，让护士们感到无比温暖。

　　一天查房时，她对我说："您能给我两分钟吗？我想对您说些话。"认识她这么久，我从未见过她如此认真坚定的目光。她清秀苍白的脸庞，此刻充满了力量。她声音不大，但说得十分清楚和真诚："护士长，我今天想向您袒露我的心声。我是个癌症患者，生病治疗已有 300 多天，非常感激你们一路的陪伴与照顾，你们辛苦了。那天我听到有个大伯因为自己得癌症后情绪不好，还说了很多'威胁'你们的话，我理解他的心情，但我觉得那样其实很不好，也不知道是哪位医护人员受了委屈，您一定要好好安慰她一下。"

　　我没有想到她要说的竟是这些，我有些感动，凝视着她美丽的脸庞，她却有点不好意思地避开了我的目光，眼里渐渐浮起了水汽，继续说道："生病让我明白了很多人生道理。在我事业刚刚有起色的时候，却发现自己得了病，有很长一段时间我都非常难过，甚至抑郁，更多的是痛苦与煎熬，以为自己过不去这个坎了。但是经过这么长时间反复的住院治疗，在你们的关心与照料下，我学会了坚强与勇敢。"

　　听了她的话，我忍不住拥抱了她，并告诉她："只要你相信自己，一切都会好起来的！我们也要珍惜当下的每一天，认真勇敢地面对自己的每一天，努力拓展生命的宽度，不要留下遗憾！"此刻，兰兰眼底的水汽再也盛不住了，化作晶莹的泪珠滚落下来。我听了她的心声，十分感动，但更多的是发自内心的欣慰。从初次见面时的"沉默寡言"到现在的"主动表露"，兰兰的成长与蜕变，让我们觉得自己每天的努力与付出都是值得的。医者仁心，非圣人无以为医，这是兰兰对我们最高的评价。

那年元旦，我组织大家拍摄新年愿望及祝福，兰兰也积极参与了拍摄。面对镜头，她说得最多的是感谢医护人员的话，她说自己想借此次视频拍摄，表达对医护人员深深的感激之情。她在视频中说道："在我最艰难的时刻，是你们的关怀和照顾让我感受到了温暖和希望。每当我感到痛苦和无助时，你们总是耐心地倾听我的心声，给予我鼓励和支持。你们的微笑和温柔的话语，如同阳光般照亮了我黑暗的日子。记得有一次，我因为化疗反应而情绪低落，是你们陪我聊天，给我讲笑话，让我重新找回了快乐。还有一次，我晚上突然发热，你们立刻赶来，为我量体温、输液，一直守护在我身边，直到我病情稳定。这些点点滴滴，我都铭记在心。我知道，我的病情很严重，但因为有你们，我才有了勇气去面对。谢谢你们，你们是最美的天使！"她还亲手写了一封感谢信，信中写道："亲爱的天使们，我是你们的患者兰兰，历经了近300天的治疗，真心感谢每一位天使的照顾和陪伴！非圣人无以为医，医护人员真的是很伟大的职业！"连同她自创品牌的牛肉酱，作为新年礼物送给我们。最后她还和大家一起合影，热热闹闹地过了元旦。

然而，随着时间的流逝和疾病的进展，兰兰的身体状况日益恶化。兰兰是独生子女，她明白自己的离开会让父母伤心难过，因此在生命的最后阶段，她每天都会略施粉黛，尽量把自己打扮得精神漂亮，努力隐藏自己的不适与伤心，还尽力把父母的一切都安排得妥妥当当，她不想留下任何遗憾。临终前，她对爸爸妈妈说："你们一定要好好照顾自己，不要为我担心，我会在世界的另一边为你们祈祷的！我永远爱你们！"

　　尽管早有心理准备，但痛失爱女仍让兰兰的父母备受打击。我加了她妈妈的微信，关心身后事，宽慰兰兰妈妈，与她保持联系。如今，兰兰已经离开我们快 3 年了，她的父母带着她的爱和关于她的所有美好回忆，四处旅游。他们走过了许多风景秀丽的地方，看过了壮丽的山河，感受了不同地域的风土人情。每到一个新的地方，兰兰的父母都会在心中默默与她分享这份喜悦和感动。他们会在美丽的风景前拍照留念，仿佛兰兰也在身边一同欣赏着这一切。

　　在兰兰的生日、祭日，他们会准备一份特别的晚餐，摆上兰兰喜欢的食物，回忆着曾经一起度过的美好时光。他们会用兰兰的社交账号发表动态，与朋友们分享他们的旅行经历和对兰兰的思念。照片中，他们的笑容中带着一丝淡淡的忧伤，但更多的是对生活的热爱和对兰兰的深深怀念。

　　兰兰的父母用他们的行动诠释着对女儿的爱，他们的坚强和乐观也感染着身边的每一个人。生命的延续不仅仅是肉体的存在，更是爱的传承。

　　兰兰的故事让我对人生有了更多的感悟：人生路上，总会经历坎坷，无论结果如何，我们都要勇敢、坚强地面对。没有永远晴朗的天空，也没有永远平坦的路途，一路上总会有一些悲喜要品尝，苦乐不过是人生中的插曲而已。生命宛如流星划过天际，虽转瞬即逝，却绽放出绚烂光芒。

近年来，我们接连收治了数位年轻的癌症晚期患者。我们始终竭尽全力，力求让他们在生命的最后时光里，身体能更为舒适，心情能更加放松，同时，也不遗余力地去照顾好他们父母的感受。面对肿瘤的肆虐，面对死亡的威胁，我们所能做的，是给予患者更多的安慰、支持与关怀，让他们在与癌魔抗争的同时，也能够感受到阳光雨露的润泽，尽情享受生命当下的每一份独特体验。

余杭放疗科病房 3-11 西｜魏巍

不离不弃，
是爱情最浪漫的样子

怎么会爱上了他
并决定跟他回家
放弃了我的所有
我的一切都无所谓
纸短情长啊
诉不完当时年少
我的故事都是关于你啊
……

　　晴朗、温暖的午后，透过玻璃窗的太阳洒在房间里，走廊里斑驳的影子在光阴里跳跃，如同生命中的悲欢离合，让人沉醉其中。清澈的男声浅吟低唱，穿透呼叫铃声和说话声，声声入耳。我又忍不住来到了37床，那个叫小雅的女孩瘦弱又憔悴，半靠在床头，双脚泡在凳子上的脸盆里。她的丈夫阿诚半蹲着，双手轻轻地摩挲着小雅苍白的脚背。阳光慵懒地照在室内，柔和而温暖，就像是大自然带来的抚慰。

"小雅又在泡脚呀，今天脚背还肿胀吗？"我轻声问。

"护士长来了。"小雅撑起身体，应了一声。"脚背还是有点肿，护士长稍等一下，我马上擦干。"阿诚顺手拿起毛巾，温柔地帮小雅擦干了双脚。我快步走到床的另一边，和阿诚一起小心搀扶着把小雅安置好。小雅像个调皮的孩子，伸出双脚说："护士长您看，是不是比前两天要好多了？"我顺着小腿前侧摸到脚背，"还有轻度浮肿，但一天天好起来了，平躺的时候记得抬高双下肢，可以缓解脚背浮肿。"我笑着说，"阿诚你唱歌很好听啊！"

女孩立马坐正了身体，满面笑容，眼里闪着光，连声说："他是单位里小有名气的歌神呢，我跟他谈朋友时，就是被他的歌声骗走的。"嘴里说着"骗"，望向对方的眼里却是掩藏不住的甘之如饴！那一瞬间的温暖，就是爱情最美好的样子！

那个午后，温馨的一幕一直印在我脑海里，久久不能忘怀。

在这座繁华的城市，有无数个漂泊的人，他们打工，租房为家，像露珠散落在城市的角角落落。小雅就是其中一员，23岁的普通女孩。她和阿诚新婚两个月，未来充满无限的可能和希望。然而，命运却悄无声息地伸出手，把他们推向了一个艰难的深渊。

小雅的身体一直不算太好，多年来，她一直被一些轻微不适困扰，但从未引起重视，直到有一天，她突然感觉身体不适加重，才去医院检查。确诊的那天，医生缓缓地告诉她，她的病叫多发性内分泌腺瘤 2A 型。这个陌生的名词让她的心跳仿佛停止了，眼前的世界也变得模糊起来。她不知如何面对这个突如其来的打击，内心充满了恐惧和无助。一路求医，历经坎坷，最后慕名来到了浙大一院泌尿外科。

多发性内分泌腺瘤 2A 型是一种罕见的常染色体显性遗传病，其发病具有家族性，手术切除肿瘤是目前唯一有效的治疗方法。但围手术期的各种刺激可使患者发生高血压危象和肾上腺危象，这两种情况均可危及患者生命，因此，手术风险高，护理难度大。术前我们充分与家属进行了沟通，双方目标非常一致：全力以赴、积极治疗。医护团队给予了强大的心理支持，组织全院力量进行多学科协作诊疗（multi-disciplinary team，MDT），同时做好降压、扩容等准备。

手术前一晚，小雅还是有点焦虑，睡不着觉，阿诚一直握着小雅的手，温柔地对她说："别怕，我们一起面对，任何困难都打不垮我们。"在阿诚的陪伴和鼓励下，小雅渐渐平静下来，顺利地度过了手术前一晚。第二天，手术如期进行，手术顺利完成。在 ICU 观察 5 天后，小雅转回了普通病房。

术后第 6 天、第 7 天，小雅的切口愈合良好，体温和各项炎症指标都正常，仿佛一切都在好转，但这仅仅是暴风雨来临前的宁静。

术后第 8 天查房时发现，小雅的腹膜后引流管引出少量乳白色液体，经化验后确定是乳糜漏。阿诚来找我，"护士长，小雅她说肚子疼，不是伤口疼，她有点害怕"。我赶紧过去，小雅捂着肚子，蜷缩成小小的一团。我一阵心疼，握了握她的手，安慰她别害怕，同时评估了她的疼痛部位和疼痛程度。引流管里的乳白色液体多起来了，我喊来了主管医生，解释了疼痛的原因和接下来的处理。即刻静脉输注了解痉止痛药物，并叮嘱她配合治疗摄入无脂饮食，我把无脂饮食的要求和食谱手抄一份交给阿诚。

我一直记得，阿诚追着我问"护士长，她哪些东西能吃？哪些不能吃？今天能多吃一点吗？"然后，接下来一连几天，他端着的小碗里，要么是几只剥了壳的白煮大虾，要么是水煮鸡肉，白乎乎的，看着就很寡淡，小雅皱着眉头吃不下去，他在一边耐心地哄着，连带自己吃的食物也换成了一样的。乳糜漏加重了，小雅不能吃任何东西，仅靠营养液维持的那几天，我们天天能看到阿诚躲在走廊里吃饭，原来他是不敢在小雅面前吃饭，怕她心里难受，也怕饭菜的味道刺激到她。

那一次次的温柔以待，就是爱情最美好的样子！

在接下来的日子里，小雅又经历了胸腔积液、腹腔积液、腹泻等症状，但她从来没表现出痛苦的表情，她一如既往地面带笑容，声音清脆，温柔知礼。而她的阿诚，白天晚上都陪伴着她，唱歌，玩笑，照顾，宠爱。医护人员常常在深夜值班时看到这对年轻夫妻的身影，看到阿诚无微不至地照顾，看到他为小雅擦去额头的冷汗，看到他含泪却始终带笑的眼神。小小的病房，承载了他们全部的爱与希望，他们在困境中相依为命，成了彼此最坚实的支撑。

阿诚的无怨无悔和小雅的坚强勇敢，深深感染了病房里的每一个人。

一个月后，小雅终于迎来了康复的曙光。那天，医生笑着告诉她："你恢复得很不错，再过几天就可以出院了。"她和阿诚对视一眼，泪水在眼眶中打转，却充满了对未来的希望。

出院那天，小雅和阿诚写了一封感谢信，字里行间饱含着对医护人员的感激和敬意。信中写道："在这段最艰难的日子里，是你们的帮助让我们度过了无数个黑夜。感谢你们为我们带来了生命的光明，让我们在绝望中找到了更多的爱与勇气。"当他们将信交给我们时，科室的医护人员都为这对年轻夫妻感动不已。

人们常说，病痛最能考验一段感情的坚韧，而小雅和阿诚用他们的行动证明了，真正的爱，不会因为困境而退缩，反而会在风雨中更加坚定。

时至今日，每每看到这封感谢信，就会想起那些电影一般的画面：想起温暖的午后，男孩的浅吟低唱；想起男孩替女孩洗脚的那一幕幕；想起相互鼓励的那一幕幕；想起哄着喂饭的那一幕幕……这样的不离不弃，就是爱情最浪漫的样子！

爱情是什么？一千个人就有一千种答案。

辛弃疾说："蓦然回首，那人却在，灯火阑珊处。"

李商隐说："身无彩凤双飞翼，心有灵犀一点通。"

司马相如说："一日不见兮，思之如狂。"……

　　也许，在没有人看到的背后，在午夜独自醒来的瞬间，小雅和阿诚也会伤心，也会流泪；也许，前方还会有风雨和磨难等着他们；也许，他们在命运面前，也会彷徨，也会妥协。但在那段经历生死的时光里，他们坚强乐观、携手共进，他们风雨同舟、不离不弃，成了我们眼里爱情最浪漫的样子！

你陪我步入蝉夏

越过城市喧嚣

我真的好想你

在每一个雨季

你选择遗忘的

是我最不舍的

纸短情长啊

道不尽太多涟漪

我的故事

还是关于你呀

庆春泌尿外科病房 3-5 ｜朱柯平

敬过往，爱当下，向未来

——我的护理 30 年

回首往昔，岁月如织，恍如昨日。

那一年，刚满 18 岁，一脸稚气，懵懵懂懂走出校园，披上白衣，从此成为穿梭在病房的提灯人，时常被人亲切地戏称"童工"。自浙一护校毕业后，我先后在肝移植、监护室、胃肠外科等多个岗位历练，如今是干部保健中心的一员。回望这 30 年，虽然平凡，却满载着无数感动与珍贵的瞬间。

记得初入职场的第一年，经验和技能都很欠缺，打针、输液、铺床、配药，这些日复一日的工作显得乏味又繁琐。面对生命即将消逝的沉重，我曾在治疗室里偷偷抹泪，一度迷茫于自己的选择。但每当这时，我都会告诉自己：在岗一天，就要尽力去做好每一件事。正是这份责任感，支撑着我走过了那段青涩的时光。白昼轮转，随着时间的积累，我在监护室的锤炼中迅速成长，临床经验和操作技能快速提升。从此，患者的认可、学生的尊敬、同事的赞许，让我每一天都充满了价值和快乐，我也逐渐成了一个爱笑的护士。

回到病房后，我更是得心应手，并开始承担临床教学的工作。在外科病房，患者周转迅速，术后的护理工作量巨大，那时的护理人员配比紧张，病房里、走道上到处都是加床。各种治疗、护理、观察记录、突发情况的应变急救，每一项工作都细碎而重要。铃声此起彼伏，仪器设备报警声不断，每一天都在忙碌中度过，每一次夜班都充满了压力。但即使如此，我们依然像三头六臂的小超人一样，无所不能。三班倒的工作模式，让我们从青春的红苹果变成了成熟的黄苹果。

护理虽然辛劳，但却充满了温度，因为每一个生命都值得我们去善待和尊重。面对焦虑、悲观的病患，我们用心去发现、去关爱、去化解，我们的每一句话、每一个眼神、每一次微笑，都能成为他们战胜病痛的力量源泉。当看到患者康复出院时的轻快步伐和那一声声"谢谢"，我的心中都会涌起无比的欣慰和自豪。

护士是充满光芒的。记得2020年新冠肺炎疫情肆虐时，有位患者曾说："护士的眼睛是星星的眼睛。"这句话深深触动了我。是的，我们心中有爱，眼里有光，我们的光芒给予患者温暖和希望。在灾难和疫情面前，我们护理人义无反顾地挺身而出。我觉得护理的本质是帮助，所以这也是一份令人快乐的工作。我家里有个小抽屉，里面就存放着我工作中的快乐与收获：一幅写着"上善若水"的字幅、几封来自患者的感谢信、一些贺卡，还有厚厚的一叠证书，这些都是我工作中最珍贵的回馈。

把握现在，珍惜拥有。如今，浙一已经走过了70余载的风雨历程，日新月异的变化令人叹为观止。曾经的正门、三层小楼、田家园、小巷子、食堂早已成为回忆。取而代之的是，现代化大楼拔地而起，面积延伸至清吟街，院区内绿树成荫，成为一个优美的花园……要知道，这只是庆春院区的一角。如果来到之江院区、余杭总部一期，你会更加感叹浙一的飞速发展。各院区的床位依旧紧张，患者络绎不绝，门诊量节节攀升，医院职工人数已破万。我们的护理事业也在一代又一代的传承中不断发展壮大，从几百名护士发展到如今的5000余名护士；学历层次从专科到本科、硕博，越来越多的护理人有机会投身到科研领域。浙一的每一次变化、每一次发展，都让我们每一个浙一人感到无比荣耀和自豪。

浙一在不断壮大，我亦在成长、成熟。我收获了丰富理论知识及临床技能，与许多的同事建立了深厚友谊，那么多的老前辈让我由衷敬佩、身边的良师益友让我受益匪浅。有你们，我会更坚强；更因为有它——我们的大浙一，我们会更坚定、执着！

未来已来，万事可期。从一个对医学护理一窍不通的乡下丫头，成长为一名合格的老护理人，是浙一给了我成长的舞台和机会。我将继续在热爱的护理岗位上兢兢业业，尽自己的一份力。

那些曾经洒下的努力和汗水，终将在未来的某一天绽放出绚烂的花朵；只要一心向阳，岁月自会生香。

庆春干部保健中心丨徐雪莲

谢谢您，
使我成为更好的自己

春晖指路，镌刻光阴。

方圆之间，皓月千里。

　　人与人之间的相遇，宛如命运的馈赠。有些人，仅是遇见，便足以惊艳我们的时光。在我的生命中，就有这样一个人，她没有历史史诗般的感人心魄，也没有风卷巨浪般的惊波逆转，她如一场春雨、一首老歌，润物无声，绵长悠远。我的护士长赵小梅，她如日星般闪耀，守护并照亮着年轻护士们的世界，从未因四季更迭、年华老去而褪去。桃李不言，下自成蹊，在赵老师的影响下，我也逐渐成了更好的自己。

　　犹记得那是一个生机勃勃的初春，阳光透过玻璃窗洒在医院走廊上，形成斑驳的光影。门诊来了一位十分年轻的患者，他还是个学生，正值青春年华。然而，他脸色苍白，身体虚弱，无力地倚靠在墙角。看到他，我的心不禁一沉。我上前询问他是否需要帮助，得知他已被诊断为白血病，今日复查时没找到空座位，无法长时间站立，且候诊区患者较多，周边的嘈杂让他愈发不适。我立刻帮他寻得一处相对安静且便于观察的座位，并叮嘱他有任何不适及时呼叫医护人员。

不久后，我看到小伙子就诊结束，他的家属掩面哭泣着走出诊室。我赶忙上前询问，得知孩子为了考上理想的大学昼夜学习，在入学报到没多久就高烧不退，被确诊为白血病。医生说孩子目前不能进行移植手术，白血病的特效药也暂时缺货。孩子家属泣不成声，他们感觉如同被宣判了"死刑"，刚燃起的希望破灭。作为父母，他们宁愿替孩子承受一切痛苦……面对如此艰难的情况，我内心五味杂陈，不知如何安慰，因为我能想到的安慰话语是如此苍白无力。

护士长闻讯赶来，她轻轻拍了拍正在哭泣家属的肩膀，向患者微微点头，语气温柔且坚定地对患者家属说道："现在不是放弃的时候，要充分相信医院和医生的技术。"她又轻轻抚摸患者的背耐心劝导："倘若你就此消沉，选择退缩，你可能永远看不到自己在这场苦难中磨炼并强大起来。这是一场持久战，需要你跟家人一起努力抗争。我相信你们，一定会看到胜利的一天。"赵老师还分享了她曾经照顾过的类似患者成功康复的故事，我看到此时患者迷茫的眼神变得有了光彩！赵老师还联系了白血病专家，详细了解当下针对白血病的特效药以及各种治疗方案，解答了患者与家属的疑惑。患者和家属连连感激，小伙子眼含泪水，紧握着我们的手，表示一定会积极配合治疗。他说："谢谢你们，浙大一院是让我感觉到最温暖的医院。我会带着你们的关爱和鼓励，勇敢地面对病魔，配合医生接受治疗，争取早日康复。"

看着患者坚毅的眼神，我深受触动。作为护士，我们的职责不仅是治疗疾病，更是关爱生命。我们要用专业和爱心去守护每一个脆弱的生命，让他们在困难时刻感受到温暖和希望。

那天，我看到赵老师站在洒满阳光的门诊大厅，面对患者的每一个问题，她都耐心解答；每一个困扰，她都细心倾听。她温柔的关爱之声，声声入耳，她的发梢在阳光下闪闪发光，仿佛带着一种神奇的力量，驱散了患者心中的疑虑和不安，为患者带来温暖和希望。她如同那个春天的暖阳，也照进了我的心里。她的专业素养和职业精神让我深感敬佩，"一个人的善意和爱，是这个世界上最强大的力量"。

给人以星火者，必怀火炬。在门诊的日常工作和生活中，赵老师总是耐心地指导我，关心我的成长和进步。当我遇到困难、遭受挫折而沮丧时，她都会细心地开导我。她总对我说："当别人下班回家放松时，而你继续在不断学习提升，就说明你已经比别人更努力了。人生是一场马拉松，谁能坚持到最后才是关键。"她执着又认真的工作态度教会了我坚持，学会了如何处理人际关系，如何用真诚的微笑和关爱为患者带去安慰，如何在工作中发挥自己的优势。

随风潜入夜，润物细无声。在护理生涯中，赵老师总是以身作则，她经常说："一件事要么不做，要做就必须做好。"她刻在骨子里的坚强不断督促着自己，也在潜移默化中影响着我们年轻护士。在她身上，我看到了撒贝宁所说的"热爱"的力量——"热爱之所以有力量，就在于你坚守它就好，永远不要去想它会有什么结果。"在今后的工作中，我将继续努力，不断提高自己的专业水平，为患者提供更好的护理服务。

又是一个春天，回望走廊尽头，即将光荣退休的她站在那里对我摆摆手。那天没有太阳，可她的发梢，却照得我眼睛发酸。我不愿再写下"再见"二字，我只是将二月离别的愁苦化为风轻云淡，消散在这十里春风之中。

尽管时光流逝，但那一句句温和坚定的话语，那一声声语重心长的引导，依旧在我的耳畔回响。她是我生命中的一道光，照亮我前行的道路，引导我不断努力，成为更好的自己。

庆春门诊护理｜林敏珠

在"浙"里，岁月悠悠

当夕阳的余晖轻轻拂过浙大一院值班室的窗棂，我情不自禁地拉开窗帘。在这方寸之间，我静静地凝视着这座医院。就在我准备起身，让这份宁静融入夜色之时，一抹夕阳的温柔恰好落入眼帘，将医院的建筑勾勒得庄重而温柔。门诊大楼的玻璃幕墙间，仿佛藏着无数故事，每一扇窗后都是一段段生命的交响；楼与楼之间的相互依偎与间距，以无声的语言诉说着力量与支撑。我的目光，就这样被深深吸引。

直到陈雪凤老师（我们亲切地称她为"凤老师"）缓缓走来，用她那温暖的话语，为我铺开了一幅在"浙"一生的动人画卷。

十年流光，与君相逢

记忆的风轻轻吹过庆春路，摇曳着满树的梧桐叶，飒飒籁籁地飘荡着，纷纷落下。凤老师的故事始于那个从老家千岛湖出发的清晨。班车稀少，路途遥远，却挡不住她向往浙大一院的心。她笑谈着当年行李被父母从车窗"塞"进车的趣事，那份纯真与坚韧，让我恍然间看到了浙一人最初的模样。回忆就像一道泄洪的闸门，一旦打开，奔腾的水势便难以平息。

成为浙一人后，凤老师小心翼翼地执行着每一道医嘱，聆听带教老师的谆谆教导。一开始，耳鼻喉科与口腔科是合在一起的，工作节奏紧张，病种繁多且复杂。出院、入院、手术……她深知白大褂的责任，不敢有丝毫懈怠与"不小心"。

一年，两年……慢慢地，她成了带教老师，带着实习生熟悉环境，示范操作，教授基本理论知识以及专科知识。她像一个过来人，不，她就是一个过来人。她说："对实习生，就像对孩子一样，必须慢慢来，但有时候，快快地'放手'也是必要的。这个度的把握很难，难极了，要懂每个孩子的性格特点，知识掌握程度以及与患者交流的能力，因人而异地进行指导。"夕阳斜照到窗口，拉长了凤老师的影子，我轻轻地说了一句"随风潜入夜，润物细无声。"

春华秋实，与君相知

远处的天空呈现出深邃的蓝灰色，晚霞的颜色从错综的梧桐枝丫间里透过来。一只蓝黑色的蝴蝶在窗前飞舞了，一眨眼又飞到了我的窗栏上，仿佛与我一起聆听凤老师的故事。

我在耳鼻喉科待了近 20 年，每一位患者既熟悉却又陌生。虽然他们患有相同的疾病，但护理工作却又需要因人而异。身为责任护士，我几十年如一日，交班，查房，巡视病房，治疗……这些看似机械的工作，我却丝毫不敢松懈。

有一次，我刚接到电话，要收治一位遗传性血管神经性喉水肿患者。正说着话，走廊那边就传来了急促的脚步声和呼救声。看到飞奔而来的患者和家属，我迅速将患者安置到离护士站最近的病床上。

"快，10mg 地塞米松静脉推注。"主任说道。我立即为患者吸氧、进行心电监护，同时另一位责任护士迅速准备用物，为患者建立静脉通路。就在准备推注地塞米松时，患者突然烦躁不安，呼吸急促，颜面部迅速水肿。

"快，准备气管切开。"抢救工作惊心动魄。另一位护士推抢救车，准备吸引器，准备气管切开包。主任迅速评估病情，准备为患者进行气管切开术。患者的病情变化极为迅速，眨眼间面色发绀，出现窒息，呼吸心搏骤停。我马上行胸外心脏按压，主治医生进行环甲膜穿刺，以解除患者呼吸困难。与此同时，还有两位医生为患者进行气管切开。经过 20 分钟的紧张抢救，我们终于将患者从死神手中夺回来了。整个过程，不允许耽误一分一秒，这是一场现实版"生死时速"。

匆匆岁月，与君相伴

天空不知何时变得如此灰暗，风拂过梧桐叶片，发出飒飒声响。蝴蝶飞高了一级窗栏，与我对视了片刻。也许我们都听得太认真了，我在细细思考，浙一的护士该是什么样的状态？我该以怎样的心态去当护士？凤老师停顿了一会儿，我心里没有答案。

凤老师继续回忆。后来，我就到了结核病房。刚开科时，患者较少，医护人员自然也不多。最初只有 2 位医生，1 位护士长和 5 位护士，大家轮流值班，既要上办公班，又要负责责任组。正是凭借着大家的坚定信念、温暖关怀和高效的医护质量，才逐渐吸引了全国各地慕名而来的患者。患者越来越多，团队也逐渐成长，我院的结核病学在中国医院科技量值排名中位列第十。谈及结核病房的故事，其丰富与深刻足以让人回味至深夜。

为了记录和传承这些宝贵的经历与感悟，我们精心编纂了《身边的结核故事》一书。书中每一则故事都凝聚着团队成员的心血与汗水，它们不仅是医疗技术的展现，更是人性光辉与医患深情的真实写照。

清风暖翠，与君相守

随着话题的深入，我为凤老师递上了一杯温水，她的笑容依旧温暖如初。

"今天，话匣子又打开了。"

"哈哈，凤老师，我爱听。然后呢，然后呢？"

"然后你就都知道了呀。我们9号楼一直就像一个没有硝烟的白色战场，经历了甲流，禽流感，新冠等重大疫情。在重大公共卫生应急事件面前，我们从不退缩。你看，春日暖阳，山河无恙。爱和希望总比病毒蔓延得快，很快疫消霾散，天下皆安。"

"凤老师，我还是忍不住想问您，您一直是用一颗什么样的心守护'浙'里？"

"幸福啊，幸福其实简单。"

幸福，在于将日常的琐碎也雕琢成精致的艺术，让每一天的生活都充满仪式感。晨间护士台回响着清晰而有序的交班声，有护士长的提问，有大家的竞相回答。病房之内，流淌着护患间温柔细腻的对话。示教室里，思想的火花在热烈的讨论中碰撞，闪耀着智慧的光芒。科室的走廊上，少了匆忙的小跑，多了稳健而统一的步伐。

幸福，是在结束一天的工作时，能微笑着与患者道声"明天见"，然后在次日晨光中重逢，再次轻声道出"早上好"，关切地询问"您今天感觉怎么样啊？"而患者的笑容如同温暖的阳光，回应道："我感觉比昨天好多了。"

幸福，更在于无论面对何种挑战与困境，我们始终并肩作战，以团结之心和担当之责，诠释着医者"仁心仁术"的崇高精神。"浙大一院"这几个字，如同璀璨的灯塔，不仅照亮了每一位浙一人

前行的道路，更以其独有的光芒，温暖并鼓舞着每一位寻求健康
与希望的患者。

庆春感染病科病房 9-4 ｜傅佳丹

# 心 路

　　世界很大，而她很小。弱小的她躺在辐射保暖台上，可她又是那样的活力十足，嘴里插着气管插管，细细的胳膊和小腿在拳打脚踢。是啊，她那么小，她还不到 1kg。而她的妈妈，用一颗脆弱的心脏，承受了两个生命的重量。是静，用生命护住了她。

　　"静，快看，她多可爱，快贴一贴！"我把这来之不易的小生命抱到她的跟前。静努力地凑过脸来，贴在她柔软的仿佛能透过光的皮肤上，然后闭上了眼睛，眼角滑出一颗泪来，"谢谢，谢谢你们！"她轻声说道。

　　初见静时的模样，浮现在眼前，她躺在 120 救护车的转运床上，床头被高高摇起。她凌乱的发丝缠绕在持续释放着气流声的氧气面罩上。她是那样的瘦弱，她口唇青紫，"咚咚咚"，监护仪一直在报警，经皮血氧饱和度值只有 74%，我赶紧握住她的手，"你有

什么不舒服吗？"静疲惫地抬眼望了望我，挤出两个字"还好"。我明显感受到握着的手有些粗糙，低头望去，杵状指——这是一个长期缺氧的先心患者的典型表现。

静的情况非常严峻，先天性心脏病引发的重度肺动脉高压，大部分人在出生后 6 个月内死亡而静无疑是幸运的，她坚强地活了下来。但此时的她又是如此地岌岌可危。她怀孕了，妊娠加速了病情的恶化，死亡风险极高，此时静的肺动脉收缩压已高达 138mmHg。

我望着她微微隆起的小腹，这是一座生命的山丘，可是它现在重重地压在静脆弱的心脏上。我微微叹了一口气，"宝宝几周了？"也许是她迅速捕捉到了我那一丝焦虑的气息，她突然抓紧了我的手，"一定要救我的宝宝，是我拼命要怀，我也想有一个自己的小宝宝！"她的呼吸明显有些急促，一阵酸意涌上我的鼻

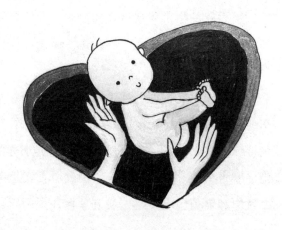

头。我用更大的力气回握了静的手，轻拍着她的肩膀，"别担心，你现在在浙一了，相信浙一，相信我们！"

产科、新生儿科、心血管科、重症医学科、超声科、输血科、手术室、护理团队迅速组建了一支应急团队，并制订了周密的治疗方案。

夜里，静突发急性心力衰竭，心率 152 次 /min，经皮血氧饱和度 72%，需要紧急手术。然而，应激、疼痛、机械通气以及创伤诱导的炎症反应均可使肺血管阻力进一步增加，从而导致肺动脉压进一步升高。静在手术过程中极有可能发生肺高压危象，甚至心肺循环衰竭。但病情危急，手术势在必行。

当产科医生、我和工人小江推着转运床在医院的走廊狂奔到手术室时，我忽然有一种热泪盈眶的感觉。还有什么比一群人竭尽所能地护卫一个小生命更能令人动容的呢？她那么小，那么脆弱，捧起她的时候，几乎感受不到手心的重量，可她又是那么坚强，充满了活力。当吸出她口鼻的羊水后，她发出了一声微弱却坚定的啼哭，虽然没有那么洪亮，却震慑了手术间的每一个人。经过快速地复苏处理后，静的孩子顺利转到了新生儿重症监护病房（neonatal intensive care unit，NICU）。

在 NICU 交接完毕后我走到门口，一个男人猛地站起，冲到我跟前，红着眼眶，急切地问道："静怎么样？她还好吗？"我拍了拍他的肩膀，安慰道："静很好，她也看了宝宝，宝宝也很好。你刚刚也看见，她那么有活力，你成为一个幸福的爸爸了"。一个大男人突然"哇"的一声哭了出来，涕泪横流，在黑暗的走廊里，我生怕惊扰了夜的寂静，赶忙安抚他。他蹲了下来，一边抹着眼泪，一边哽咽着说："谢谢你们，多亏你们了！"我鼓励他："加油！以后她们娘俩就靠你啦，你要坚强起来！"

　　面对各种高危妊娠、不宜妊娠及妊娠合并各种内外科疾病的孕产妇，产科团队所承受的压力巨大。无论是医生、护士还是助产士，每一个角色都有必须攻克的难关。如何在保障母亲安全的前提下，尽可能延长孕期，提升新生儿的存活率，这一时机的权衡与抉择需要耗费巨大的心力。而这整个过程的监护、观察、护理与应急准备，哪怕是每一分每一秒，对于护理团队来说都是呕心沥血的。面对那些不顾自身安危也要奋力圆一个做母亲梦的妈妈们我们能做的，也只有竭尽所能。

　　一个星期后，我再次在病区走廊看见了静。她被搀扶着，看起来更瘦了，但神情明显轻松了很多。她微笑着跟我招呼："王护士，我今天要出院啦，谢谢你！"我走上跟前，由衷地说道："你太棒啦，恭喜你，宝宝我们还要再养一段时间，才舍得还你哈！"她笑了，空气中弥漫着幸福的味道！

　　静的心脏也走过了它最艰难的道路，完成了最艰巨的任务。在两命悬一线的危急时刻，它坚强地跳动着，经过黑暗的甬道，找到了生命的出口。

　　而这一段的心路历程，也让我明白病情凶险难测，一切的恶变或者不良的结局都可在瞬间横生蔓延。如果可以，我们且当一缕阳光，温暖那些不安的灵魂，抚平那些皱缩的心灵；愿如尘埃微小，愿如砂砾般坚韧，愿如阳光般温煦，全力以赴，照护每一个生命。

余杭分娩室 2-6 西丨王园

面朝大海，春暖花开

——一封给依依爸爸妈妈的信

依爸、依妈：

你们好！

今天是小依依出院的第六天，不知道她在家里是否适应。这几天天气忽冷忽热，记得及时给她增减衣服。她的指甲长得很快，基本上三天就要剪一次。洗完澡的时候，她的心情最好，可以跟她聊会儿天。还有，睡得不踏实的时候记得放点轻音乐给她听。有一次夜班，郝姑娘可是放了17遍的《雪落下的声音》，她才安静下来呢……

那天你们来接她，一家三口第一次团聚，眉眼欢笑，岁月静好。我们既开心又有些不舍。开心的是，又一个宝宝可以健健康康地回到父母身边，一个家庭开启了更幸福的生活。但分别难免会伤感，毕竟是我们养了一个多月的小闺女。都说母爱与生俱来，想来也是。还没结婚的祝丹妹妹，放个假回趟老家都记挂着那个最爱撒娇、要抱抱的宝宝，还交代大家有空要多抱抱她。

说了这么多，好像有点岔远了。其实我是想由衷、正式地对你们道一声：谢谢！小花妹妹说依爸是素养极好的家长，每次来都不停地跟我们说谢谢。其实我们也一直想对你们说声"谢谢"！谢谢你们，当孩子因为大便次数多发生红臀的时候，没有责怪我们。当时你们的眼里也满是心痛，却始终没有把责怪的话说出口。谢谢你们，在孩子病情反复的时候选择继续信任我们，积极配合治疗；也谢谢你们，在签一大堆知情同意书的时候没有一丝质疑。

这里也要向你们道个歉。当时小马哥的态度可能有些不耐烦，不是他不想好好说话，实在是因为抢救的时候争分夺秒，多说半句都觉得是在浪费时间。

最要感谢的是你们给孩子取的这个名字。名字不仅是一个人有特殊意义的符号，还承载着你们对孩子的祝福和期望。给孩子起名字，必是层层筛选、深思熟虑。你们坚定又郑重地给这颗无价明珠取这个名字，说：母女都是浙一救治的，取名浙依，依靠浙一，希望她能感恩！

这个名字，于你们，是幸福的感恩；于我们，是存在的价值。

《人间世》第八集，聚焦了我们儿科医护群体。那些牺牲健康，牺牲休息、无法陪伴自己孩子成长的镜头，是那么熟悉。方主任的儿子生病住在我们自己科室，她连陪孩子吃个中饭的时间也没有，好在孩子懂事，一个人打点滴也妥妥的；王主任的母亲小脑出血住院，跑前跑后的是他70多岁的父亲；忠哥的膝关节需要做手术，因为人员紧张，一拖再拖；我们跟你们宣教要尽量给孩子母乳喂养，可是产假回来的护士妹妹们都早早给她们的孩子断了奶，不是我们不想给孩子母乳喂养，实在是忙得连挤奶的时间都没有；上午的门诊看到下午两点才能吃中饭，三更半夜一个电话，不得不撇下自己孩子往医院跑……

我们不是说有多伟大。每次你们说谢谢的时候，我们都会说"应该的"。其实这不是客套，我们真觉得这些都是我们应该做的，也是必须做好的。可是，当梁主任忍着腰痛、饿着肚子，上午的门诊一直看到下午，仍有家属投诉不给加号让她道歉的时候；当方主任为那个有治疗意义的孩子绞尽脑汁争取一线生机，孩子的爸爸始终用质疑的态度重复着"你们不就是想赚钱"的时候；当我们的护士妹妹没有一针见血，家长劈头盖脸辱骂甚至想扔凳子过来的时候……我们也会怀疑自己，怀疑坚持的意义，怀疑自己存在的价值。甚至也会有人想要中途放弃。2014—2016 年，仅 3 年时间，流失的儿科医生 14310 人，总数的 1/10，而 15 年时间全国的儿科医生却只增加了 5000 人。

那留下的我们，是什么让我们留下来，坚持在这里？《人间世》中，朱月钮医生抢救一个病危的孩子连吃饭的时间都没有，却因为对另一个家属说话没有耐心被投诉。在解释、写保证、座谈和家属和解后，她也被问到这个问题：是什么让你坚持在这里的？朱医生热泪盈眶："人的一生，绝不只是面朝大海春暖花开，它隐藏着忧伤、尴尬、伤痛、苟且，但我相信，医护这个职业，会比别的更容易找到人生的存在感。

是的，和家人团聚在一起的时候，应该是人世间最美好的模样。看着你们抱着小依依幸福地出院，你们又用如此隆重的形式，让我们体会到我们所有的付出得到了最大的价值。工作半年的小花妹妹接过你们递过来的这条腕带时，她的眼里是泛着光的。

所以，真的谢谢你们。都说医者是暗夜里的提灯者，其实我想说你们就是那盏灯，帮我们抵御了黑暗，照亮了我们正在走的路。

感恩和小依依相遇。于你们，是幸福的开始；于我们，是继续前行的力量。祝福小依依健康快乐地成长，像她爸爸妈妈一样，懂得珍惜和感恩。未来的日子，无论她知或者不知，我们遇或者不遇，我们和她，都是彼此最温暖的存在。

儿科病房丨叶娟

2019 年 3 月

那一年，那一幕

五月的金色阳光，温暖中弥漫着万物生长的芬芳。工作台上那束被金光环绕的向日葵，开得正盛，清香四溢。香气不断撩拨着我的记忆深处，往事如花瓣般盛开，我的思绪飘回到了20多年前的那个护士节。

2003年5月12日，国际护士节，于我而言，是一个永生难忘的日子。

烛光里的惊喜

那年的五月，春风和煦，万物复苏，然而空气中却弥漫着"非典"带来的紧张与不安。当年的我，庆春院区内科病房的一名年轻护士，每天忙碌于日常的护理工作之中。

那晚，夕阳的余晖渐渐隐去，我拖着疲惫的身躯准备结束一天的工作，心中满是对家的渴望和对休息的期盼。然而，一阵悠扬的歌声打破了夜的宁静。

　　"让我们敲希望的钟啊，多少祈祷在心中。让大家看不到失败，叫成功永远在……"这时，病区走廊的另一端传来了音响较高的旋律。

　　"这是谁啊？把收音机开得太响了吧？！"我不禁皱了皱眉。尽管此时真的感觉很疲累，但出于职业习惯，我还是立即循声走出护士站查看究竟。

　　当我从护士站探出半个身子时，瞬间被眼前的一幕惊住了。只见一位身穿蓝白条纹住院服、戴着白色纱布口罩、满头银发的老爷爷，双手捧一支点燃的蜡烛，弓着背，小心翼翼护着烛光，一步一停，从走廊的一端向我走来。

　　我正想提醒说"医院不能使用明火"，却见那位老爷爷停了下来。他对着我深深地鞠了一躬，用略带沙哑的声音深情地说道："今天是护士节，祝您节日快乐！护士的工作太辛苦了，你们是崇高又伟大的白衣天使！你们用辛勤的付出，守护我们的健康，你们是最美的南丁格尔！我代表全病房的患者感谢你们！杭州电台正在播放护士节庆祝节目，让我们一起庆祝，一起祈福吧！"

　　老爷爷的深情"表白"触动了我的心弦，我怔在原地，双腿不知如何移动。但就是在那一刻，我仿佛是被施了魔法，全身的疲惫感都在老爷爷那深深的一躬和那几句沙哑的、真诚的祝福声中烟消云散。

病区内的温馨大合唱

没来得及对老爷爷说声谢谢，这时走廊两边病房的一扇扇门不约而同地被打开了。能自行行走的患者和不能行走的患者在陪护的搀扶下，陆陆续续地来到护士站，和着旋律，不约而同地唱起那首熟悉的歌：

"感恩的心，感谢有你，伴我一生，让我有勇气做我自己。感恩的心，感谢命运，花开花落，我一样珍惜……"

伴着深情的旋律，他们一边唱，一边轻轻地拍手，同时和着节奏轻摇着身体。

摇曳的烛光，柔和的光影，真诚的笑脸，整个病房洋溢着温馨与感动。

那一刻，此情此景情难自已，感动的泪水模糊了我的双眼。在我的眼中周围的一切失去了色彩，只剩下微弱的烛光和他们眼中闪烁的感激之情。

"祝护士节快乐！祝白衣天使们天天开心！"

"向白衣天使致敬！你们是最可爱、可亲、可敬的人！"

"你们辛苦了！谢谢白衣天使！"

"护士妹妹，你要注意身体，保护好自己！"

……

感恩与前行

我从未想过，在这样一个特殊的护士节，会收到如此特别而又温暖的祝福。尽管我们每天面对的是病痛与挑战，但我们的付出与努力，总有人看在眼里，记在心上。而我更明白，患者和家属的致谢与祝福，不仅是对我个人的肯定，更是对所有医护人员辛勤工作的认可与尊重。

正如那位老爷爷所说，我们是守护生命的天使，用专业的技能和温暖的心灵，为患者带去希望与安慰。在我的记忆中，有太多这样的瞬间：患者因疼痛而紧锁的眉头，在我们的安抚下渐渐舒展；家属因担忧而焦虑的眼神，在我们的解释下变得坚定；还有那些在生死边缘徘徊的患者，在我们的不懈努力下重获新生……

岁月流转，20 余载的护理生涯，见证了无数次生离死别的残酷与生死相依的温情，也让我深刻领悟到作为一名护士的责任与使命。我深知，每一份肯定与感激，都是对医护职业最崇高的敬意。患者与家属的真诚回馈，如同夜空中最亮的星，指引着我们前行的方向。

在新时代的医疗舞台上，护患携手，不仅是治疗与被治疗的关系，更是心灵相通的伙伴，共同抵御病痛的侵袭，迎接生命的曙光。那一年的烛光与歌声，它不仅是节日的庆祝，更是责任的呼唤，激励我们持续以爱心和专业，照亮患者的康复之路。

愿爱与希望如同不灭的烛光，温暖每一颗需要关怀的心，让这个世界因我们而更加美好。

庆春日间手术中心病房 10-1/10-2 丨余淑芬